U0941594

古典文库

长生殿

（清）洪昇

浙江古籍出版社

出版说明

《长生殿》是以唐明皇李隆基与贵妃杨玉环的爱情故事为题材的古典戏曲名著。在艺术上有着较高的成就。首先是历史真实与艺术真实的有机统一。作者取材时，既尊重历史，又不为历史记载所拘囿。对于一些重要的事实，基本按照历史记载来描写；而对于一些细节，则根据主题的需要作了剪裁，并加以艺术虚构。其次是结构严谨紧凑，富于戏剧性。全剧安排了三条线索：一条是李、杨的爱情发展；一条是杨国忠和安禄山的勾心斗角；一条是郭子仪与安禄山，陈元礼与李隆基、杨玉环、杨国忠之间的矛盾冲突。全剧以李、杨的爱情为主线，其他两条副线随着主线的发展穿插展开。另外，由于作者精通曲律，且又得到戏曲音律学家徐灵昭的订正，故剧本的曲律十分严整。

作者洪昇，字昉思，号稗畦、稗村、南屏樵者。浙江钱塘（今杭州）人。生于顺治二年（1645），卒于康熙四十三年（1704）。洪昇出身望族，高祖曾任明都察院右都御史，父亲也在清朝做过官，母亲是大学士黄机的女儿。洪昇早年就已才华出众，十五岁便能作诗，二十四岁到北京国子监肄业，因未能求得功名，第二年便回家了。回家后，因受旁人挑拨，与父母关系恶化，从而失去了优裕的物质条件。为生活所迫，洪昇不得不再次上京谋生。三十四岁到四十六岁的十七年间，他基本上是在北京度过的。在此期间，备受坎坷，以致卖文度日。就在这种穷困潦倒的日子里，他写成了《长生殿》。不过，《长生殿》的问世不但没能改变洪昇的艰苦境遇，反而给他带来了更大的不幸。因在“国丧”期间演出《长生殿》，洪昇被国子监除名。他的友人赵执信等也因观看演出而被革职。故时人作诗云：“可怜一曲《长生殿》，断送功名到白头。”（清梁绍壬《两般秋雨盦随笔》）洪昇被国子监除名后，携家眷回到故乡，此后便寄情山水，不再追求功名。康熙四十三年（1704）春末，应东南提督张云翼及江宁织造曹寅之邀，前往松江、江宁，后自江宁回杭，途经乌镇，堕水而死。洪昇一生作有十多种传奇和杂剧，现存除《长生殿》外，还有杂剧《四婵娟》。另有诗词集《啸月楼集》《稗畦集》《昉思词》等。

《长生殿》现在流传的有清康熙稗畦草堂本、暖红室重刊本、文瑞楼刊本。我们这次整理出版，以稗畦草堂本为底本。另外，为了丛书的体例一致又使读者阅读方便，我们将原本卷首的《自序》《例言》仍置于正文前。不妥之处，敬请读者指正。

自 序

余览白乐天《长恨歌》及元人《秋雨梧桐》剧，辄作数日恶。南曲《惊鸿》一记，未免涉秽。从来传奇家非言情之文，不能擅场；而近乃子虚乌有，动写情词赠答，数见不鲜，兼乖典则。因断章取义，借天宝遗事，缀成此剧。凡史家秽语，概削不书，非曰匿瑕，亦要诸诗人忠厚之旨云尔。然而乐极哀来，垂戒来世，意即寓焉。且古今来逞侈心而穷人欲，祸败随之，未有不悔者也。玉环倾国，卒至陨身;死而有知，情悔何极。苟非怨艾之深，尚何证仙之与有。孔子删《书》而录《秦誓》，嘉其败而能悔，殆若是欤？第曲终难于奏雅，稍借月宫足成之。要之广寒听曲之时，即游仙上升之日。双星作合，生忉利天，情缘总归虚幻。清夜闻钟，夫亦可以蘧然梦觉矣。

康熙己未仲秋稗畦洪昇题于孤屿草堂

例　言

忆与严十定隅坐皋园，谈及开元、天宝间事，偶感李白之遇，作《沉香亭》传奇。寻客燕台，亡友毛玉斯谓排场近熟，因去李白，入李泌辅肃宗中兴，更名《舞霓裳》，优伶皆久习之。后又念情之所钟，在帝王家罕有。马嵬之变，已违夙誓，而唐人有玉妃归蓬莱仙院、明皇游月宫之说。因合用之，专写钗盒情缘，以《长生殿》题名，诸同人颇赏之。乐人请是本演习，遂传于时。盖经十余年，三易稿而始成，予可谓乐此不疲矣。

史载杨妃多污乱事。予撰此剧，止按白居易《长恨歌》、陈鸿《长恨歌传》为之。而中间点染处，多采《天宝遗事》《杨妃全传》。若一涉秽迹，恐妨风教，绝不阑入，览者有以知予之志也。今载《长恨》歌、传，以表所由，其杨妃本传、外传及《天宝遗事》诸书，既不便删削，故概置不录焉。

棠村相国尝称予是剧乃一部闹热《牡丹亭》，世以为知言。予自惟文采不逮临川，而恪守韵调，罔敢稍有逾越。盖姑苏徐灵昭氏为今之周郎，尝论撰《九宫新谱》，予与之审音协律，无一字不慎也。

曩作《闹高唐》《孝节坊》诸剧，皆友人吴子舒凫为予评点。今《长生殿》行世，伶人苦于繁长难演，竟为伧辈妄加节改，关目都废。吴子愤之，效《墨憨十四种》，更定二十八折，而以虢国、梅妃别为饶戏两剧，确当不易。且全本得其论文，发予意所涵蕴者实多。分两日唱演殊快。取简便，当觅吴本教习，勿为伧误可耳。

是书义取崇雅，情在写真。近唱演家改换有必不可从者，如增虢国承宠、杨妃忿争一段，作三家村妇丑态，既失蕴藉，尤不耐观。其《哭像》折，以哭题名，如礼之凶奠，非吉祭也。今满场皆用红衣，则情事乖违，不但明皇钟情不能写出，而阿监、宫娥泣涕皆不称矣。至于《舞盘》及末折演舞，原名《霓裳羽衣》，只须白袄红裙，便自当行本色。细绎曲中舞节，当一二自具。今有贵妃舞盘学浣纱舞，而末折仙女或舞灯、舞汗巾者，俱属荒唐，全无是处。

洪昇昉思父识

目 录

第一出　传　概

【南吕引子·满江红】〔末上〕今古情场，问谁个真心到底？但果有精诚不散，终成连理。万里何愁南共北，两心那论生和死。笑人间儿女怅缘悭，无情耳。　　感金石，回天地。昭白日，垂青史。看臣忠子孝，总由情至。先圣不曾删《郑》《卫》，吾侪取义翻宫、徵。借太真外传谱新词，情而已。

【中吕慢词·沁园春】天宝明皇，玉环妃子，宿缘正当。自华清赐浴，初承恩泽；长生乞巧，永订盟香。妙舞新成，清歌未了，鼙鼓喧阗起范阳。马嵬驿、六军不发，断送红妆。　　西川巡幸堪伤，奈地下人间两渺茫。幸游魂悔罪，已登仙籍。回銮改葬，只剩香囊。证合天孙，情传羽客，钿盒金钗重寄将。月宫会，霓裳遗事，流播词场。

唐明皇欢好霓裳宴，杨贵妃魂断渔阳变。

鸿都客引会广寒宫，织女星盟证长生殿。

第二出　定　情

【大石引子·东风第一枝】〔生扮唐明皇引二内侍上〕端冕中天，垂衣南面，山河一统皇唐。层霄雨露回春，深宫草木齐芳。升平早奏，韶华好，行乐何妨。愿此生终老温柔，白云不羡仙乡。

韶华入禁闱，宫树发春晖。天喜时相合，人和事不违。《九歌》扬政要，《六舞》散朝衣。别赏阳台乐，前旬暮雨飞。朕乃大唐天宝皇帝是也。起自潜邸，入缵皇图。任人不二，委姚、宋于朝堂；从谏如流，列张、韩于省闼。且喜塞外风清万里，民间粟贱三钱。真个太平致治，庶几贞观之年，刑措成风，不减汉文之世。近来机务余闲，寄情声色。昨见宫女杨玉环，德性温和，丰姿秀丽。卜兹吉日，册为贵妃。已曾传旨，在华清池赐浴，命永新、念奴伏侍更衣。即着高力士引来朝见，想必就到也。

【玉楼春】〔丑扮高力士，二宫女执扇引，旦扮杨贵妃上〕恩波自喜从天降，浴罢妆成趋彩仗。〔宫女〕六宫未见一时愁，齐立金阶偷眼望。

〔到介，丑进见生跪介〕奴婢高力士见驾。册封贵妃杨氏，已到殿门候旨。〔生〕宣进来。〔丑出介〕万岁爷有旨，宣贵妃杨娘娘上殿。〔旦进，拜介〕臣妾贵妃杨玉环见驾，愿吾皇万岁！〔内侍〕平身。〔旦〕臣妾寒门陋质，充选掖庭，忽闻宠命之加，不胜陨越之惧。〔生〕妃子世胄名家，德容兼备。取供内职，深惬朕心。〔旦〕万岁！〔丑〕平身。〔旦起介，生〕传旨排宴。〔丑传介〕〔内奏乐。旦送生酒，宫女送旦酒。生正坐，旦傍坐介〕

【大石过曲·念奴娇序】〔生〕寰区万里，遍征求窈窕，谁堪领袖嫔嫱？佳丽今朝，天付与，端的绝世无双。思想，擅宠瑶宫，褒封玉册，三千粉黛总甘让。〔合〕惟愿取，恩情美满，地久天长。

【前腔换头】〔旦〕蒙奖。沉吟半晌，怕庸姿下体，不堪陪从椒房。受宠承恩，一霎里身判人间天上。须仿，冯嫒当熊，班姬辞辇，永持彤管侍君傍。〔合〕惟愿取，恩情美满，地久天长。

【前腔换头】〔宫女〕欢赏，借问从此宫中，阿谁第一？似赵家飞燕在昭阳，宠爱处，应是一身承当。休让，金屋妆成，玉楼歌彻，千秋万岁捧霞觞。

〔合〕惟愿取，恩情美满，地久天长。

【前腔换头】〔内侍〕瞻仰，日绕龙鳞，云移雉尾，天颜有喜对新妆。频进酒，合殿春风飘香。堪赏，圆月摇金，余霞散绮，五云多处易昏黄。〔合〕惟愿取，恩情美满，地久天长。

〔丑〕月上了。启万岁爷撤宴。〔生〕朕与妃子同步阶前，玩月一回。〔内作乐，生携旦前立，众退后，齐立介〕

【中吕过曲·古轮台】〔生〕下金堂，笼灯就月细端相，庭花不及娇模样。轻偎低傍，这鬓影衣光，掩映出丰姿千状。〔低笑，向旦介〕此夕欢娱，风清月朗，笑他梦雨暗高唐。〔旦〕追游宴赏，幸从今得侍君王。瑶阶小立，春生天语，香萦仙仗，玉露冷沾裳。还凝望，重重金殿宿鸳鸯。

〔生〕掌灯往西宫去。〔丑应介，内侍、宫女各执灯引生、旦行介〕〔合〕

【前腔换头】辉煌，簇拥银烛影千行。回看处珠箔斜开，银河微亮。复道回廊，到处有香尘飘扬。夜色如何？月高仙掌。今宵占断好风光，红遮翠障，锦云中一对鸾凰。《琼花》《玉树》，《春江夜月》，声声齐唱，月影过宫墙。褰罗幌，好扶残醉入兰房。

〔丑〕启万岁爷，到西宫了。〔生〕内侍回避。〔丑〕春风开紫殿，〔内侍〕天乐下珠楼。〔同下〕

【余文】〔生〕花摇烛，月映窗，把良夜欢情细讲。〔合〕莫问他别院离宫玉漏长。

〔宫女与生、旦更衣，暗下，生、旦坐介，生〕银烛回光散绮罗，〔旦〕御香深处奉恩多。〔生〕六宫此夜含颦望，〔合〕明日争传《得宝歌》。〔生〕朕与妃子偕老之盟，今夕伊始。〔袖出钗、盒介〕特携得金钗、钿盒在此，与卿定情。

【越调近词·绵搭絮】〔生〕这金钗钿盒百宝翠花攒。我紧护怀中，珍重奇擎有万般。今夜把这钗呵，与你助云盘，斜插双鸾；这盒呵，早晚深藏锦袖，密裹香纨。愿似他并翅交飞，牢扣同心结合欢。〔付旦介，旦接钗、盒谢介〕

【前腔换头】谢金钗钿盒赐予奉君欢。只恐寒姿，消不得天家雨露团。〔作背看介〕恰偷观，凤翥龙蟠，爱杀这双头旖旎，两扇团圞。惟愿取情似坚金，钗不单分盒永完。

〔生〕胧明春月照花枝，　　元　稹
〔旦〕始是新承恩泽时。　　白居易
〔生〕长倚玉人心自醉，　　雍　陶
〔合〕年年岁岁乐于斯。　　赵彦昭

第三出 贿 权

【正宫引子·破阵子】〔净扮安禄山箭衣、毡帽上〕失意空悲头角，伤心更陷罗罝。异志十分难屈伏，悍气千寻怎蔽遮？权时宁耐些。

腹垂过膝力千钧，足智多谋胆绝伦。谁道孽龙甘蠖屈，翻江搅海便惊人。自家安禄山，营州柳城人也。俺母亲阿史德，求子轧荦山中，归家生俺，因名禄山。那时光满帐房，鸟兽尽都鸣窜。后随母改嫁安延偃，遂冒姓安氏。在节度使张守珪帐下投军。他道我生有异相，养为义子。授我讨击使之职，去征讨奚契丹。一时恃勇轻进，杀得大败逃回。幸得张节度宽恩不杀，解京请旨。昨日到京，吉凶未保。且喜有个结义兄弟，唤作张千，原是杨丞相府中干办。昨已买嘱解官，暂时松放。寻他通个关节，把礼物收去了。着我今日到彼候覆。不免前去走遭。〔行介〕唉，俺安禄山，也是个好汉，难道便这般结果了么？想起来好恨也！

【正宫过曲·锦缠道】莽龙蛇，本待将河翻海决，反做了失水瓮中鳖，恨樊笼霎时困了豪杰。早知道失军机要遭斧钺，倒不如丧沙场免受缧绁，蓦地里脚双跌。全凭仗金投暮夜，把一身离阱穴。算有意天生吾也，不争待半路枉摧折。

来此已是相府门首，且待张兄弟出来。〔丑扮张千上〕君王舅子三公位，宰相家人七品官。〔见介〕安大哥来了。丞相爷已将礼物全收，着你进府相见。〔净揖介〕多谢兄弟周旋。〔丑〕丞相爷尚未出堂，且到班房少待。全凭内阁调元手，〔净〕救取边关失利人。〔同下〕

【仙吕引子·鹊桥仙】〔副净扮杨国忠引祗从上〕荣夸帝里，恩连戚畹，兄妹都承天眷。中书独坐揽朝权，看炙手威风赫烜。

国政归吾掌握中，三台八座极尊崇。退朝日晏归私第，无数官僚拜下风。下官杨国忠，乃西宫贵妃之兄也。官居右相，秩晋司空。分日月之光华，掌风雷之号令。〔冷笑介〕穷奢极欲，无非行乐及时；纳贿招权，真个回天有力。左右回避。〔从应下〕〔副净〕适才张千禀说，有个边将安禄山，为因临阵失机，解京正法。特献礼物到府，要求免死发落。我想胜败乃兵家常事，临阵偶然失利，情有可原。〔笑介〕就将他免死，也是为朝廷爱惜人才。已曾分付令他进见，再作道理。〔丑暗上，见介〕张千禀事：

安禄山在外伺候。〔副净〕着他进来。〔丑〕领钧旨。〔虚下，引净青衣、小帽上，丑〕这里来。〔净膝行进见介〕犯弁安禄山，叩见丞相爷。〔副净〕起来。〔净〕犯弁是应死囚徒，理当跪禀。〔副净〕你的来意，张千已讲过了。且把犯罪情由，细说一番。〔净〕丞相爷听禀：犯弁遵奉军令，去征讨奚契丹呵，〔副净〕起来讲。〔净起介〕

【仙吕过曲·解三酲】恃勇锐冲锋出战，指征途所向无前。不提防番兵夜来围合转，临白刃剩空拳。〔副净〕后来怎生得脱？〔净〕那时犯弁杀条血路，奔出重围。单枪匹马身幸免，只指望鉴录微功折罪愆。谁想今日呵，当刑宪！〔叩首介〕望高抬贵手，曲赐矜怜。

【前腔换头】〔副净起介〕论失律丧师关巨典，我虽总朝纲敢擅专？况刑书已定难更变，恐无力可回天。〔净跪哭介〕丞相爷若肯救援，犯弁就得生了。〔副净笑介〕便道我言从计听微有权，这就里机关不易言。〔净叩头介〕全仗丞相爷做主！〔副净〕也罢。待我明日进朝，相机而行便了。乘其便，便好开罗撒网，保汝生全。

〔净叩头介〕蒙丞相爷大恩，容犯弁犬马图报。就此告辞。〔副净〕张千引他出去。〔丑应，同净出介〕"眼望捷旌旗，耳听好消息。"〔同下〕〔副净想介〕我想安禄山乃边方末弁，从未著有劳绩，今日犯了死罪，我若特地救他，必动圣上之疑。〔笑介〕哦，有了。前日张节度疏内，曾说他通晓六番言语，精熟诸般武艺，可当边将之任。我就授意兵部，以此为辞，奏请圣上，召他御前试验。于中乘机取旨，却不是好。

专权意气本豪雄，　　卢照邻
万态千端一瞬中。　　吴　融
多积黄金买刑戮，　　李咸用
不妨私荐也成公。　　杜荀鹤

第四出　春　睡

【越调引子·祝英台近】〔旦引老旦扮永新、贴旦扮念奴上〕梦回初，春透了，人倦懒梳裹。欲傍妆台，羞被粉脂涴。〔老旦、贴旦〕趁他迟日房栊，好风帘幕，且消受熏香闲坐。

永新、念奴叩头！〔旦〕起来。【海棠春】流莺窗外啼声巧，睡未足，把人惊觉。〔老〕翠被晓寒轻，〔贴〕宝篆沉烟袅。〔旦〕宿酲未醒宫娥报，〔老、贴〕道别院笙歌会早。〔旦〕试问海棠花，〔合〕昨夜开多少？〔旦〕奴家杨氏，弘农人也。父亲元琰，官为蜀中司户。早失怙恃，养在叔父之家。生有玉环在于左臂，上隐“太真”二字。因名玉环，小字太真。性格温柔，姿容艳丽。漫揩罗袂，泪滴红冰;薄试霞绡，汗流香玉。荷蒙圣眷，拔自宫嫔。位列贵妃，礼同皇后。有兄国忠，拜为右相，三姊尽封夫人，一门荣宠极矣。昨宵侍寝西宫，〔低介〕未免云娇雨怯。今日晌午时分，才得起来。〔老、贴〕镜奁齐备，请娘娘理妆。〔旦行介〕绮疏晓日珠帘映，红粉春妆宝镜催。

【越调过曲·祝英台】〔坐对镜介〕把鬓轻撩，鬟细整，临镜眼频睃。〔老〕请娘娘贴上这花钿。〔旦〕贴了翠钿，〔贴〕再点上这胭脂。〔旦〕注了红脂，〔老〕请娘娘画眉。〔旦画眉介〕着意再描双蛾。〔旦立起介〕延俄，慢支持杨柳腰身，〔贴〕呀，娘娘花儿也忘戴了。〔代旦插花介〕好添上樱桃花朵。〔老、贴作看旦介〕看了这粉容嫩，只怕风儿弹破。

〔老、贴〕请娘娘更衣。〔与旦更衣介〕

【前腔换头】飘堕，麝兰香，金绣影，更了杏衫罗。〔旦步介〕〔老、贴看介〕你看小颤步摇，轻荡湘裙，〔旦兜鞋介〕低蹴半弯凌波，停妥。〔旦顾影介〕〔老、贴〕袅临风百种娇娆。〔旦回身临镜介〕〔老、贴〕还对镜千般婀娜。〔旦作倦态，欠伸介〕〔老、贴扶介〕娘娘，恁恹恹，何妨重就衾窝。

〔旦〕也罢，身子困倦，且自略睡片时。永新、念奴，与我放下帐儿。正是：无端春色熏人困，才起梳头又欲眠。〔睡介〕〔老、贴放帐介〕〔老〕万岁爷此时不进宫来，敢是到梅娘娘那边去么？〔贴〕姐姐，你还不知道，梅娘娘已迁置上阳楼东了！〔老〕哦，有这等事！〔贴〕永新姐姐，这几日万岁爷专爱杨娘娘，不时来往西宫，连内

侍也不教随驾了。我与你须要小心伺候。〔生行上〕

【前腔换头】欣可，后宫新得娇娃，一日几摩挲！〔生作进，老、贴见介〕万岁爷驾到。娘娘刚才睡哩。〔生〕不要惊他。〔作揭帐介〕试把绡帐慢开，龙脑微闻，一片美人香和。瞧科，爱他红玉一团，压着鸳衾侧卧。〔老、贴背介〕这温存，怎不占了风流高座！

【前腔换头】〔旦作惊醒低介〕谁个？蓦然揭起鸳帏，星眼倦还挪。〔作坐起、摩眼、撩鬓介〕〔生〕早则浅淡粉容，消褪唇朱，掠削鬓儿欹矬。〔老、贴作扶旦起，旦作开眼复闭、立起又坐倒介〕〔生〕怜他，侍儿扶起腰肢，娇怯怯难存难坐。〔老、贴扶旦坐介〕〔生扶住介〕恁朦腾，且索消详停和。

〔旦〕万岁！〔生〕春昼晴和，正好及时游赏，为何当午睡眠？〔旦低介〕夜来承宠，雨露恩浓，不觉花枝力弱。强起梳头，却又朦胧睡去。因此失迎圣驾。〔生笑介〕这等说，倒是寡人唐突了。〔旦娇羞不语介〕〔生〕妃子，看你神思困倦，且同到前殿去，消遣片时。〔旦〕领旨。〔生、旦同行，老、贴随行介〕〔生〕落日留王母，〔旦〕微风倚少儿。〔老、贴合〕宫中行乐秘，少有外人知。〔生、旦转坐介〕〔丑上〕昼漏稀闻高阁报，天颜有喜近臣知。启万岁爷:国舅杨丞相，遵旨试验安禄山，在宫门外回奏。〔生〕宣奏来。〔丑宣介〕杨丞相有宣。〔副净上〕天下表章经院过，宫中笑语隔墙闻。〔拜见介〕臣杨国忠见驾，愿吾皇万岁，娘娘千岁！〔丑〕平身。〔副〕臣启陛下：蒙委试验安禄山，果系人才壮健，弓马熟娴，特此复旨。〔生〕朕昨见张守珪奏称:禄山通晓六番言语，精熟诸般武艺，可当边将之任。今失机当斩，是以委卿验之。既然所奏不诬，卿可传旨禄山，赦其前罪。明日早朝引见，授职在京，以观后效。〔副〕领旨。〔下〕〔丑〕启万岁爷：沉香亭牡丹盛开，请万岁爷同娘娘赏玩。〔生〕今日对妃子，赏名花。高力士，可宣翰林李白，到沉香亭上，立草新词供奉。〔丑〕领旨。〔下〕〔生〕妃子，和你赏花去来。

倚槛繁花带露开，　　罗　虬
〔旦〕相将游戏绕池台。　　孟浩然
〔生〕新歌一曲令人艳，　　万　楚
〔合〕只待相如奉诏来。　　李商隐

第五出 禊 游

【双调引子·贺圣朝】〔丑上〕崇班内殿称尊，天颜亲奉朝昏。金貂玉带蟒袍新，出入荷殊恩。

咱家高力士是也，官拜骠骑将军。职掌六宫之中，权压百僚之上。迎机导窾，揣揣圣情；曲意小心，荷承天宠。今乃三月三日，万岁爷与贵妃娘娘游幸曲江，命咱召杨丞相并秦、韩、虢三国夫人，一同随驾。不免前去传旨与他。传声报戚里，今日幸长杨。〔下〕

【前腔】〔净冠带引从上〕一从请托权门，天家雨露重新。累臣今喜作亲臣，壮怀会当伸。

俺安禄山，自蒙圣恩复官之后，十分宠眷。所喜俺生的一个大肚皮，直垂过膝。一日圣上见了，笑问此中何有？俺就对说，惟有一片赤心。天颜大喜，自此愈加亲信，许俺不日封王。岂不是非常之遇！左右回避。〔从应下〕〔净〕今乃三月三日，皇上与贵妃游幸曲江。三国夫人随驾。倾城士女，无不往观。俺不免换了便服，单骑前往，游玩一番。〔作更衣、上马行介〕出得门来，你看香尘满路，车马如云，好不热闹也！正是：当路游丝萦醉客，隔花啼鸟唤行人。〔下〕〔副净、外扮王孙，末扮公子；各丽服，同行上〕〔合〕

【仙吕入双调·夜行船序】春色撩人，爱花风如扇，柳烟成阵。行过处，辨不出紫陌红尘。〔见介〕请了。〔副净、外〕今日修禊之辰，我每同往曲江游玩。〔末、小生〕便是，那边簇拥着一队车儿，敢是三国夫人来了。我每快些前去。〔行介〕纷纭，绣幕雕轩，珠绕翠围，争妍夺俊。氤氲，兰麝逐风来，衣彩佩光遥认。

〔同下〕〔老旦绣衣扮韩国，贴白衣扮虢国，杂绯衣扮秦国，引院子、梅香各乘车行上〕〔合〕

【前腔换头】安顿，罗绮如云，斗妖娆，各逞黛娥蝉鬓。蒙天宠，特敕共探江春。〔老旦〕奴家韩国夫人，〔贴〕奴家虢国夫人，〔杂〕奴家秦国夫人，〔合〕奉旨召游曲江。院子把车儿趱行前去。〔院〕晓得。〔行介〕〔合〕朱轮，碾破芳堤，遗珥坠簪，落花相衬。荣分，戚里从宸游，几队宫妆前进。〔同下〕

【黑蟆序换头】〔净策马上，目视三国下介〕妙啊，回瞬，绝代丰神，猛令咱一见，半晌销魂。恨车中马上，杳难亲近。俺安禄山，前往曲江，恰好遇着三国夫人，一个个天姿国色。唉，唐天子，唐天子！你有了一位贵妃，又添上这几个阿姨，好不风流也！评论，群花归一人，方知天子尊。且赶上前去，饱看一回。望前尘，馋眼迷奚，不免挥策频频。

〔作鞭马前奔，杂扮从人上，拦介〕咄！丞相爷在此，什么人这等乱撞！〔副净骑马上〕为何喧嚷？〔净、副净作打照面，净回马急下〕〔从〕小的方才见一人，骑马乱撞过来，向前拦阻。〔副净笑介〕那去的是安禄山。怎么见了下官，就疾忙躲避了？〔作沉吟介〕三位夫人的车儿在那里？〔从〕就在前面。〔副净〕呀，安禄山那厮怎敢这般无礼！

【前腔换头】堪恨，藐视皇亲，傍香车行处，无礼厮混。陡冲冲怒起，心下难忍。叫左右：紧紧跟随着车儿行走，把闲人打开。〔众应行介〕〔副净〕忙奔，把金鞭辟路尘，将雕鞍逐画轮。〔合〕语行人，慎莫来前，怕惹丞相生嗔。〔同下〕

【锦衣香】〔净扮村妇，丑扮丑女，老旦扮卖花娘子，小生扮舍人，行上〕〔合〕妆扮新，添淹润；身段村，乔丰韵，更堪怜芳草沾裾，野花堆鬓。〔见介〕〔净〕列位都是去游曲江的么？〔众〕正是。今日皇帝、娘娘，都在那里，我每同去看一看。〔丑〕听得皇帝把娘娘爱的似宝贝一般，不知比奴家容貌如何？〔老旦笑介〕〔小生作看丑介〕〔丑〕你怎么只管看我？〔小生〕我看大姐的脸上，倒有几件宝贝。〔净〕什么宝贝？〔小生〕你看眼嵌猫睛石，额雕玛瑙纹，蜜蜡装牙齿，珊瑚镶嘴唇。〔净笑介〕〔丑将扇打小生介〕小油嘴，偏你没有宝贝。〔小生〕你说来。〔丑〕你后庭像银矿，掘过几多人！〔净笑介〕休得取笑。闻得三国夫人的车儿过去，一路上有东西遗下，我每赶上寻看。〔丑〕如此快走。〔行介〕〔丑作娇态与小生诨介〕〔合〕和风徐起荡晴云，钿车一过，草木皆春。〔小生〕且在这草里寻一寻，可有甚么？〔老旦〕我先去了。向朱门绣阁，卖花声叫的殷勤。〔叫卖花下〕〔众作寻、各拾介〕〔丑问净介〕你拾的甚么？〔净〕是一枝簪子。〔丑看介〕是金的，上面一粒绯红的宝石。好造化！〔净问丑介〕你呢？〔丑〕一只凤鞋套儿。〔净〕好好，你就穿了何如？〔丑作伸脚比介〕啐，一个脚指头也着不下。鞋尖上这粒真珠，摘下来罢。〔作摘珠、丢鞋介〕〔小生〕待我袖了去。〔丑〕你倒会作揽收拾！你拾的东西，也拿出来瞧瞧。〔小生〕一幅鲛绡帕儿，裹着个金盒子。〔净接作开看介〕咦，黑黑

的黄黄的薄片儿，闻着又有些香，莫不是要药么？〔小生笑介〕是香茶。〔丑〕待我尝一尝。〔净争吃，各吐介〕呸！稀苦的，吃他怎么！〔小生作收介〕罢了，大家再往前去。〔行介〕〔合〕蜂蝶闲相趁，柳迎花引，望龙楼倒泻，曲江将近。

〔小生、净先下，丑吊场叫介〕你们等我一等。阿呀，尿急了，且在这里打个沙窝儿去。〔下〕〔老旦、贴、杂引院子、梅香行上〕

【浆水令】扑衣香花香乱熏，杂莺声笑声细闻。看杨花雪落覆白，双双青鸟，衔堕红巾。春光好，过二分，迟迟丽日催车进。〔院〕禀夫人：到曲江了。〔老旦〕丞相爷在那里？〔院〕万岁爷在望春宫，丞相爷先到那边去了。〔老旦、杂、贴作下车介〕你看果然好风景也！环曲岸，环曲岸，红酣绿匀。临曲水，临曲水，柳细蒲新。

〔丑引小内侍、控马上〕敕传玉勒桃花马，骑坐金泥蛱蝶裙。〔见介〕皇上口敕：韩、秦二国夫人，赐宴别殿。虢国夫人，即令乘马入宫，陪杨娘娘饮宴。〔老旦、杂、贴跪介〕万岁！〔起介〕〔丑向贴介〕就请夫人上马。〔贴〕

【尾声】内家官，催何紧。姐姐妹妹，偏背了春风独近。〔老旦、杂〕不枉你淡扫蛾眉朝至尊。

〔贴乘马，丑引下〕〔杂〕你看裴家姐姐，竟自扬鞭去了。〔老旦〕且自由他。〔梅香〕请夫人别殿里上宴。

红桃碧柳禊堂春， 沈佺期
〔老旦〕一种佳游事也均。 张　谔
〔杂〕愿奉圣情欢不极， 武平一
〔合〕向风偏笑艳阳人。 杜　牧

第六出　傍　讶

【中吕过曲·缕缕金】〔丑上〕欢游罢，驾归来。西宫因个甚，恼君怀？敢为春筵畔，风流尴尬，怎一场乐事陡成乖？教人好疑怪，教人好疑怪。

前日万岁爷同杨娘娘游幸曲江，欢天喜地。不想昨日娘娘忽然先自回宫，万岁爷今日才回，圣情十分不悦。未知何故？远远望见永新姐来了，咱试问他。〔老旦上〕

【前腔】宫帏事，费安排。云翻和雨覆，蓦地闹阳台。〔丑见介〕永新姐，来得恰好。我问你，万岁爷为何不到杨娘娘宫中去？〔老〕唉，公公，你还不知么！两下参商后，装幺作态。〔丑〕为着甚来？〔老〕只为并头莲傍有一枝开。〔丑〕是那一枝呢？〔老笑介〕公公，你聪明人自参解，聪明人自参解。

〔丑笑介〕咱那里得知！永新姐，你可说与我听。〔老〕若说此事，原是我娘娘自己惹下的。〔丑〕为何？〔老〕只为娘娘把那虢国夫人呵，

【剔银灯】常则向君前喝采，妆梳淡天然无赛。那日在望春宫，教万岁召他侍宴。三杯之后，便暗中筑座连环寨，哄结上同心罗带。〔丑拍手笑介〕阿呀，咱也疑心有此。却为何烦恼哩？〔老〕后来娘娘恐怕夺了恩宠，因此上嫌猜。恩情顿乖，热打对鸳鸯散开。

〔丑〕原来虢国夫人，在望春宫有了言语，才回去的。〔老〕便是。那虢国夫人去时，我娘娘不曾留得。万岁爷好生不快，今日竟不进西宫去了。娘娘在那里只是哭哩！〔丑〕咱想杨娘娘呵，

【前腔】娇痴性天生忒利害。前时逼得个梅娘娘，直迁置楼东无奈。如今这虢国夫人，是自家的妹子，须知道连枝同气情非外，怎这点儿也难分爱。〔老〕这且休提。只是往常，万岁爷与娘娘行坐不离，如今两下不相见面，怎生是好？〔丑〕吾侪，如何布摆，且和你从旁看来。

〔内〕有旨宣高公公。〔丑〕来了。

狎宴临春日正迟，　韩　偓
〔老旦〕宠深还恐宠先衰。　罗　虬
〔丑〕外头笑语中猜忌，　陆龟蒙
〔老旦〕若问傍人那得知！　崔　颢

第七出　幸　恩

【商调引子·绕池游】〔贴上〕瑶池陪从，何意承新宠？怪青鸾把人和哄，寻思万种。这其间无端嗽动，奈谣诼蛾眉未容。

玉燕轻盈弄雪辉，杏梁偷宿影双依。赵家姊妹多相妒，莫向昭阳殿里飞。奴家杨氏，幼适裴门。琴断朱弦，不幸文君早寡；香含青琐，肯容韩掾轻偷？以妹玉环之宠，叨膺虢国之封。虽居富贵，不爱铅华。敢夸绝世佳人，自许朝天素面。不想前日驾幸曲江，敕陪游赏。诸姊妹俱赐宴于外，独召奴家到望春宫侍宴。遂蒙天眷，勉尔承恩。圣意虽浓，人言可畏。昨日要奴同进大内，再四辞归。仔细想来，好侥幸人也。

【商调过曲·字字锦】恩从天上浓，缘向生前种。金笼花下开，巧赚娟娟凤。烛花红，只见弄盏传杯，传杯处，蓦自里话儿唧哝。匆匆，不容宛转，把人央入帐中。思量帐中，帐中欢如梦。绸缪处两心同，绸缪处两心暗同。奈朝来背地，有人在那里，人在那里，装模作样，言言语语，讥讥讽讽。咱这里羞羞涩涩，惊惊恐恐，直恁被他抟弄。

【不是路】〔末扮院子、副净扮梅香暗上〕〔老旦引外扮院子，丑扮梅香上〕吹透春风，戚畹花开别样秾。前日裴家妹子独承恩幸。我约柳家妹子，同去打觑一番。不料他气的病了，因此独自前去。〔外〕禀夫人：到虢府了。〔老旦〕通报去。〔外报介〕〔末传介〕韩国夫人到。〔贴〕道有请。〔副净请介〕〔外、末暗下〕〔贴出，迎老旦进介〕〔贴〕姊姊请。〔副净、丑诨下〕〔老旦〕妹妹喜也。〔贴〕有何喜来？〔老旦〕邀殊宠，一枝已傍日边红。〔贴作羞介〕姊姊，说那里话！我进离宫，也不过杯酒相陪奉，湛露君恩内外同。〔老旦笑介〕虽则一般赐宴，外边怎及里边。休调哄，九重春色偏知重，有谁能共？〔贴〕有何难共？

〔老旦〕我且问你，看见玉环妹妹，在宫光景如何？

【满园春】〔贴〕春江上景融融。催侍宴望春宫。那玉环妹妹呵，新来倚贵添尊重。〔老旦〕不知皇上与他怎生恩爱？〔贴〕春宵里，春宵里，比目儿和同。谁知得雨云踪？〔老旦〕难道一些不觉？〔贴〕只见玉环妹妹的性儿，越发骄纵了些。

细窥他个中，漫参他意中，使惯娇憨。惯使娇憨，寻瘢索绽，一谜儿自逞心胸。

〔老旦〕他自小性儿是这般的，妹妹，你还该劝他才是。〔贴〕那个耐烦劝他？

【前腔换头】〔老旦〕他情性多骄纵，恃天生百样玲珑，姊妹行且休傍作诵。况他近日呵，昭阳内，昭阳内，一人独占三千宠。问阿谁能与竞雌雄？〔贴〕谁与他争，只是他如此性儿，恐怕君心不测！〔老旦起，背介〕细听裴家妹子之言，必有缘故。细窥他个中，漫参他意中，使恁骄嗔。恁使骄嗔，藏头露尾，敢别有一段心胸！

〔末上〕意外闻严旨，堂前报贵人。〔见介〕禀夫人：不好了。贵妃娘娘忤旨，圣上大怒，命高公公送归丞相府中了。〔老旦惊介〕有这等事！〔贴〕我说这般心性，定然惹下事来。〔老旦〕虽然如此，我与你姊妹之情，且是关系大家荣辱，须索前去看他才是！〔贴〕正是，就请同行。〔老旦〕

【尾声】忽闻严谴心惊恐，〔贴〕整香车同探吉凶。姊姊，那玉环妹妹，可不被梅妃笑杀也！〔合〕倒不如冷淡梅花仍开紫禁中！

〔贴〕　传闻阙下降丝纶，　　刘长卿
〔老旦〕出得朱门入戟门；　　贾　岛
〔贴〕　何必君恩能独久，　　乔知之
〔老旦〕可怜荣落在朝昏。　　李商隐

第八出　献　发

〔副净急上〕天有不测风云，人有旦夕祸福。下官杨国忠，自从妹子册立贵妃，权势日盛。不想今早忽传贵妃忤旨，被谪出宫，命高内监单车送到门来。未知何故？好生惊骇！且到门前迎接去。〔暂下〕

【仙吕过曲·望吾乡】〔丑引旦乘车上〕无定君心，恩光那处寻？蛾眉忽地遭撷窨，思量就里知他怎？弃掷何偏甚！长门隔，永巷深，回首处愁难禁。

〔副净上，跪接介〕臣杨国忠迎接娘娘。〔丑〕丞相，快请娘娘进府，咱家还有话说。〔副〕院子，分付丫鬟每，迎接娘娘到后堂去。〔丫鬟上，扶旦下车，拥下〕〔副净揖丑介〕老公公请坐，不知此事因何而起？〔丑〕娘娘呵，

【一封书】君王宠最深，冠椒房专侍寝。昨日呵，无端忤圣心，骤然间商与参。丞相不要怪咱家多口，娘娘呵，生性娇痴多习惯，未免嫌疑生抱衾。〔副净〕如今谪遣出来，怎生是好？〔丑〕丞相且到朝门谢罪，相机而行。〔副净〕老公公，全仗你进规箴，悟当今。〔丑〕这个自然。〔合〕管重取宫花入上林。

〔丑〕就此告别。〔副净〕下官同行。〔向内介〕分付丫鬟，好生伺候娘娘。〔内应介〕〔副净〕乌鸦与喜鹊同行，吉凶事全然未保。〔同丑下〕

【中吕引子·行香子】〔旦引梅香上〕乍出宫门，未定惊魂，渍愁妆满面啼痕。其间心事，多少难论。但惜芳容，怜薄命，忆深恩。

君恩如水付东流，得宠忧移失宠愁。莫向樽前奏《花落》，凉风只在殿西头。我杨玉环，自入宫闱，过蒙宠眷。只道君心可托，百岁为欢。谁想妾命不犹，一朝逢怒。遂致促驾宫车，放归私第。金门一出，如隔九天。〔泪介〕天那，禁中明月，永无照影之期；苑外飞花，已绝上枝之望。抚躬自悼，掩袂徒嗟。好生伤感人也！

【中吕过曲·榴花泣】【石榴花】罗衣拂拭犹是御香熏，向何处谢前恩。想春游春从晓和昏，【泣颜回】岂知有断雨残云？我含娇带嗔，往常间他百样相依顺，不提防为着横枝，陡然把连理轻分。

丫鬟，此间可有那里望见宫中？〔梅〕前面御书楼上，西北望去，便是宫墙了。〔旦〕你随我楼上去来。〔梅〕晓得。〔旦登楼介〕西宫渺不见，肠断一登楼。〔梅指介〕娘娘，

这一带黄设设的琉璃瓦，不是九重宫殿么？〔旦作泪介〕

【前腔】凭高洒泪，遥望九重阍，咫尺里隔红云。叹昨宵还是凤帏人，冀回心重与温存。天乎太忍，未白头先使君恩尽。〔梅指介〕呀，远远望见一个公公，骑马而来，敢是召娘娘哩！〔旦叹介〕料非他丹凤衔书，多又恐乌鸦传信。

〔旦下楼介〕〔丑上〕暗将怀旧意，报与失欢人。〔见介〕高力士叩见娘娘。〔旦〕高力士，你来怎么？〔丑〕奴婢恰才复旨，万岁爷细问娘娘回府光景，似有悔心。现今独坐宫中，长吁短叹，一定是思想娘娘。因此特来报知。〔旦〕唉，那里还想着我！〔丑〕奴婢愚不谏贤，娘娘未可太执意了。倘有甚么东西，付与奴婢，乘间进上。或者感动圣心，也未可知。〔旦〕高力士，你教我进什么东西去好？〔想介〕

【喜渔灯犯】【喜渔灯】思将何物传情悃，可感动君？我想一身之外，皆君所赐，算只有愁泪千行，作珍珠乱滚；又难穿成金缕把雕盘进。哦，有了，【剔银灯】这一缕青丝香润，曾共君枕上并头相偎衬，曾对君镜里撩云。丫鬟，取镜台金剪过来。〔梅应取上介〕〔旦解发介〕哎，头发，头发！【渔家傲】可惜你伴我芳年，剪去心儿未忍。只为欲表我衷肠。〔作剪发介〕剪去心儿自悯。〔作执发起，哭介〕头发，头发！【喜渔灯】全仗你寄我殷勤。〔拜介〕我那圣上呵，奴身，止鬖鬖发数根，这便是我的残丝断魂。

〔起介〕高力士，你将去与我转奏圣上。〔哭介〕说妾罪该万死，此生此世，不能再睹天颜！谨献此发，以表依恋。〔丑跪接发搭肩上介〕娘娘请免愁烦，奴婢就此去了。好凭缕缕青丝发，重结双双白首缘。〔下〕〔旦坐哭介〕〔老旦、贴上〕

【榴花灯犯】【剔银灯】听说是贵妃妹忤君，【石榴花】听说是返家门，【普天乐】听说是失势兄忧悯，听说是中官至，未审何云？〔进介〕贵妃娘娘那里？〔梅〕韩、虢二国夫人到了。〔旦作哭不语介〕〔老旦、贴见介〕〔老旦〕贵妃请免愁烦。〔同哭介〕〔贴〕前日在望春宫，皇上十分欢喜，为何忽有此变？【渔家傲】我只道万岁千秋欢无尽，【尾犯序】我只道任伊行笑颦，【石榴花】我只道纵差池，谁和你评论！〔老旦〕裴家妹子，【锦缠道】休只管闲言絮陈。贵妃，你逢薄怒其中有甚根因？〔旦作不理介〕〔贴〕贵妃，你莫怪我说，【剔银灯】自来宠多生嫌衅，可知道秋叶君恩？恁为人，怎趋承至尊？〔老旦合〕【雁过声】姊妹每情切

来相问，为甚么耳畔哝哝总似不闻！〔旦〕

【尾声】秋风团扇原吾分，多谢连枝特过存。总有万语千言只在心上忖。

〔竟下〕〔贴〕姊姊，你看这个样子，如何使得？〔老旦〕正是，我每特来看他，他心上有事，竟自进房去了。妹子，你再到望春宫时，休要学他。〔贴羞介〕啐！

今朝忽见下天门，　　张　籍

〔老旦〕相对那能不怆神。　　廖匡图

〔贴〕冷眼静看真好笑，　　徐　夤

〔老旦〕中含芒刺欲伤人。　　陆龟蒙

第九出　复　召

【南吕引子·虞美人】〔生上〕无端惹起闲烦恼，有话将谁告？此情已自费支持，怪杀鹦哥不住向人提。

辇路生春草，上林花满枝。凭高何限意，无复侍臣知。寡人昨因杨妃娇妒，心中不忿，一时失计，将他遣出。谁想佳人难得，自他去后，触目总是生憎，对景无非惹恨。那杨国忠入朝谢罪，寡人也无颜见他。〔叹介〕咳，欲待召取回宫，却又难于出口，若是不召他来，教朕怎生消遣，好刬划不下也！

【南吕过曲·十样锦】【绣带儿】春风静宫帘半启，难消日影迟迟。听好鸟犹作欢声，睹新花似斗容辉。追悔，【宜春令】悔杀咱一划儿粗疏，不解他十分的好殢。枉负了怜香惜玉，那些情致。〔副净扮内监上〕脍下玉盘红缕细，酒开金瓮绿醅浓。〔跪见介〕请万岁爷上膳。〔生不应介〕〔副净又请介〕〔生恼介〕唗，谁着你请来！〔副净〕万岁爷自清晨不曾进膳，后宫传催排膳伺候。〔生〕唗，什么后宫！叫内侍。〔二内侍应上〕〔生〕揣这厮去打一百，发入净军所去。〔内侍〕领旨。〔同揣副净下〕〔生〕哎，朕在此想念妃子，却被这厮来搅乱一番。好烦恼也！【降黄龙换头】思伊，纵有天上琼浆，海外珍馐知他甚般滋味！除非可意，立向跟前，方慰调饥。〔净扮内监上〕尊前绮席陈歌舞，花外红楼列管弦。〔见跪介〕请万岁爷沉香亭上饮宴，听赏梨园新乐。〔生〕唗，说甚沉香亭，好打！〔净叩头介〕非干奴婢之事，是太子诸王，说万岁爷心绪不快，特请消遣。〔生〕唗，我心绪有何不快！叫内侍。〔内侍应上〕〔生〕揣这厮去打一百，发入惜薪司当火者去。〔内侍〕领旨。〔同揣净下〕〔生〕内侍过来。〔内侍应上〕〔生〕着你二人看守宫门，不许一人擅入，违者重打。〔内侍〕领旨。〔作立前场介〕〔生〕唉，朕此时有甚心情，还去听歌饮酒。【醉太平】想亭际，凭阑仍是玉阑干，问新妆有谁同倚？就有新声呵，知音人逝，他鹍弦绝响，我玉笛羞吹。〔丑肩搭发上〕【浣溪纱】离别悲，相思意，两下里抹媚谁知！我从旁参透个中机，要打合鸾凰在一处飞。〔见内侍介〕万岁爷在那里？〔内侍〕独自坐在宫中。〔丑欲入，内侍拦介〕〔丑〕你怎么拦阻咱家？〔内侍〕万岁爷十分着恼，把进膳的连打了两个，特着我每看守宫门，不许一人擅入。〔丑〕原来如此，咱家且候着。〔生〕朕委无聊赖，且到宫门外闲步片时。〔行介〕看一带瑶阶依然芳草齐，不见蹴裙裾珠履追随。〔丑望介〕万岁爷出来了，咱且闪在门外，觑个机会。〔虚下、即上听介〕〔生〕寡人在此思念妃子，不知妃子又怎生思念寡人哩！早间问高力士，他说妃子出去，泪眼不干，教朕寸心如割。这半日间，无从再知消息。高力士这厮，也竟不到朕跟前，好生可恶！〔丑见介〕奴婢在这里。〔生〕〔作看丑介〕〔生〕高力士，你肩上搭的甚么东西？〔丑〕是杨娘娘的头发。〔生笑介〕什么头发？〔丑〕娘娘说道：自恨愚昧，上忤圣心，罪应万死。今生今世，不能够再睹天颜。特剪下这头发，着奴婢献上万岁爷，以表依恋之意。〔献发介〕〔生执发看，哭介〕哎哟，我那妃子呵！【啄木儿】记前宵枕边闻香气，到今朝剪却和愁寄。觑青丝肠断魂迷。想寡人与妃子，恩情中断，就似这头发也。一霎里落金刀，长辞云髻。〔丑〕万岁爷！【鲍老催】请休惨凄，奴婢想杨娘娘既蒙恩幸，万岁爷何惜宫中片席之地，乃使沦落外边！春风肯教天上回，名花便从苑外移。〔生作想介〕只是寡人已经放出，怎好召还？〔丑〕有罪放出，悔过召还，正是圣主如天之度。〔生点头介〕〔丑〕况今早单车送出，才是黎明，此时天色已暮，开了安庆坊，从太华宅而入，外人谁得知之。〔叩头介〕乞鉴原，赐迎归，无淹滞。稳情取一笑愁城自解围。〔生〕高力士，就着你迎取贵妃回宫便了。〔丑〕领旨。〔下〕〔生〕咳，妃子来时，教寡人怎生相见也！【下小楼】喜得玉人归矣，又愁他惯娇嗔，背面啼，那时将何言语饰前非！罢，罢，这原是寡人不是，拼把百般亲媚，酬他半日分离。〔丑同内侍、宫女纱灯引旦上〕【双声子】香车曳，香车曳，穿过了宫槐翠。纱笼对，纱笼对，掩映着宫花丽。〔内侍、宫女下〕〔丑进报介〕杨娘娘到了。〔生〕快宣进来。〔丑〕领旨。杨娘娘有宣。〔旦进见介〕臣妾杨氏见驾，死罪，死罪！〔俯伏介〕〔生〕平身。〔丑暗下〕〔旦跪泣介〕臣妾无状，上干天谴。今得重睹圣颜，死亦瞑目。〔生同泣介〕妃子何出此言？〔旦〕【玉漏迟序】念臣妾如山罪累，荷皇恩如天容庇。今自艾，愿承鱼贯，敢妒蛾眉？

〔生扶旦起介〕寡人一时错见，从前的话，不必再提了。〔旦泣起介〕万岁！〔生携旦手与旦拭泪介〕

【尾声】从今识破愁滋味，这恩情更添十倍。妃子，我且把这一日相思诉与伊！

〔宫娥上〕西宫宴备，请万岁爷、娘娘上宴。

〔生〕陶出真情酒满尊， 李 中
〔旦〕此心从此更何言。 罗 隐
〔生〕别离不惯无穷忆， 苏 颋
〔旦〕重入椒房拭泪痕。 柳公权

第十出 疑 谶

〔外扮郭子仪将巾、佩剑上〕壮怀磊落有谁知，一剑防身且自随。整顿乾坤济时了，那回方表是男儿。自家姓郭名子仪，本贯华州郑县人氏。学成韬略，腹满经纶。要思量做一个顶天立地的男儿，干一桩定国安邦的事业。今以武举出身，到京谒选。正值杨国忠窃弄威权，安禄山滥膺宠眷。把一个朝纲，看看弄得不成模样了。似俺郭子仪，未得一官半职，不知何时，才得替朝廷出力也呵！

【商调·集贤宾】论男儿壮怀须自吐，肯空向杞天呼？笑他每似堂间处燕，有谁曾屋上瞻乌！不提防柙虎樊熊，任纵横社鼠城狐。几回家听鸡鸣，起身独夜舞。想古来多少乘除，显得个勋名垂宇宙，不争便姓字老樵渔！

且到长安市上，买醉一回。〔行科〕

【逍遥乐】向天街徐步，暂遣牢骚，聊宽逆旅。俺则见来往纷如，闹昏昏似醉汉难扶，那里有独醒行吟楚大夫！俺郭子仪呵，待觅个同心伴侣，怅钓鱼人去，射虎人遥，屠狗人无。

〔下〕〔丑扮酒保上〕我家酒铺十分高，罚誓无赊挂酒标。只要有钱凭你饮，无钱滴水也难消。小子是这长安市上，新丰馆大酒楼，一个小二哥的便是。俺这酒楼，在东、西两市中间，往来十分热闹。凡是京城内外，王孙公子，官员市户，军民百姓，没一个不到俺楼上来吃三杯。也有吃寡酒的，吃案酒的，买酒去的，包酒来的，打发个不了。道犹未了，又一个吃酒的来也。〔外行上〕

【上京马】遥望见绿杨斜靠画楼隅，滴溜溜一片青帘风外舞，怎得个燕市酒人来共沽！〔唤科〕酒家有么？〔丑迎科〕客官，请楼上坐。〔外作上楼科〕是好一座酒楼也！敞轩窗，日朗风疏。见四周遭粉壁上都画着醉仙图。

〔丑〕客官自饮，还是待客？〔外〕独饮三杯，有好酒呵取来。〔丑〕有好酒。〔取酒上科〕酒在此。〔内叫科〕小二哥，这里来。〔丑应忙下〕〔外饮酒科〕

【梧叶儿】俺非是爱酒的闲陶令，也不学使酒的莽灌夫，一谜价痛饮兴豪粗。撑着这醒眼儿谁偢睬？问醉乡深可容得吾？听街市恁喳呼，偏冷落高阳酒徒。

〔作起看科〕〔老旦扮内监，副净、末、净扮官，各吉服，杂捧金币，牵羊担酒随行上，绕场下〕〔丑捧酒上〕客官，热酒在此。〔外〕酒保，我问你咱，这楼前那些官员，是往何处去来？〔丑〕客官，你一面吃酒，我一面告诉你波。只为国舅杨丞相，并韩国、虢国、秦国三位夫人，万岁爷各赐造新第。在这宣阳里中，四家府门相连，俱照大内一般造法。这一家造来，要胜似那一家的；那一家造来，又要赛过这一家的。若见那家造得华丽，这家便拆毁了，重新再造。定要与那家一样，方才住手。一座厅堂，足费上千万贯钱钞。今日完工，因此合朝大小官员，都备了羊酒礼物，前往各家称贺。打从这里过去。〔外惊科〕哦，有这等事！〔丑〕待我再去看热酒来波。〔下〕〔外叹科〕呀，外戚宠盛，到这个地位，如何是了也！

【醋葫芦】怪私家恁僭窃，竞豪奢夸土木。一班儿公卿甘作折腰趋，争向权门如市附。再没有一个人呵，把舆情向九重分诉。可知他朱甍碧瓦，总是血膏涂！

〔起科〕心中一时忿懑，不觉酒涌上来，且向四壁闲看一回。〔作看科〕这壁厢细字数行，有人题的诗句。我试觑波。〔作看念科〕"燕市人皆去，函关马不归。若逢山下鬼，环上系罗衣。"呀，这诗是好奇怪也！

【幺篇】我这里停睛一直看，从头儿逐句读。细端详诗意少祯符。且看是什么人题的？〔又看念科〕李遐周题。〔作想科〕李遐周，这名字好生识熟！哦，是了，我闻得有个术士李遐周，能知过去未来，必定就是他了。多则是就里难言藏谶语，猜诗谜杜家何处？早难道醉来墙上信笔乱鸦涂！

〔内作喧闹科〕〔外唤科〕酒保那里？〔丑上〕客官，做甚么？〔外〕楼下为何又这般喧闹？〔丑〕客官，你靠着这窗儿，往下看去就是。〔外看科〕〔净王服、骑马，头踏职事前导引上，绕场行下科〕〔外〕那是何人？〔丑笑指科〕客官，你不见他那个大肚皮么？这人姓安名禄山。万岁爷十分宠爱他，把御座的金鸡步障，都赐与他坐过，今日又封他做东平郡王。方才谢恩出朝，赐归东华门外新第，打从这里经过。〔外惊怒科〕呀，这、这就是安禄山么？有何功劳，遽封王爵？唉，我看这厮面有反相，乱天下者，必此人也！

【金菊香】见了这野心杂种牧羊的奴，料蜂目豺声定是狡徒。怎把个野狼引来屋里居？怕不将题壁诗符？更和那私门贵戚一例逞妖狐。

〔丑〕客官，为甚事这般着恼来？〔外〕

【柳叶儿】哎，不由人冷飕飕冲冠发竖，热烘烘气夯胸脯，咭当当把腰间宝剑频频觑。〔丑〕客官，请息怒，再与我消一壶波。〔外〕呀，便教俺倾千盏，饮尽了百壶，怎把这重沉沉一个愁担儿消除！

〔作起身科〕不吃酒了，收了这酒钱去者。〔丑作收科〕别人来三杯和万事，这客官一气惹千愁。〔下〕〔外作下楼、转行科〕我且回到寓中去波。

【浪来里】见着那一桩桩伤心的时事逻，凑着那一句句感时的诗谶伏，怕天心人意两难摸，好教俺费沉吟，跄踏地将眉对蹙。看满地斜阳欲暮，到萧条客馆兀自意踌躇。

〔作到寓进坐科〕〔副净扮家将上〕〔见科〕禀爷：朝报到来。〔外看科〕“兵部一本：为除授官员事。奉圣旨，郭子仪授为天德军使。钦此。”原来旨意已下，索早收拾行李，即日上任去者。〔副净应科〕〔外〕俺郭子仪虽则官卑职小，便可从此报效朝廷也呵！

【高过·随调煞】赤紧似尺水中展鬣鳞，枳棘中拂毛羽。且喜奋云霄有分上天衢。直待的把乾坤重整顿，将百千秋第一等勋业图。纵有妖氛孽蛊，少不得肩担日月，手把大唐扶。

马蹄空踏几年尘，　胡　宿
长是豪家据要津。　司空图
卑散自应霄汉隔，　王　建
不知忧国是何人？　吕　温

第十一出　闻　乐

【南吕引子 · 步蟾宫】〔老旦扮嫦娥，引仙女上〕清光独把良宵占，经万古纤尘不染。散瑶空风露洒银蟾，一派仙音微飐。

药捣长生离劫尘，清妍面目本来真。云中细看天香落，仍倚苍苍桂一轮。吾乃嫦娥是也，本属太阴之主，浪传后羿之妻。七宝团圞，周三万六千年内；一轮皎洁，满一千二百里中。玉兔、金蟾，产结长明至宝；白榆、丹桂，种成万古奇葩。向有《霓裳羽衣》仙乐一部，久秘月宫，未传人世。今下界唐天子，知音好乐。他妃子杨玉环，前身原是蓬莱玉妃，曾经到此。不免召他梦魂，重听此曲。使其醒来记忆，谱入管弦。竟将天上仙音，留作人间佳话。却不是好！寒簧过来。〔贴〕有。〔老旦〕你可到唐宫之内，引杨玉环梦魂到此听曲。曲终之后，仍旧送回。〔贴〕领旨。〔老旦〕好凭一枕游仙梦，暗授千秋法曲音。〔引丑下〕〔贴〕奉着娘娘之命，不免出了月宫，到唐宫中走一遭也。〔行介〕

【南吕过曲 · 梁州序犯】〔本调〕明河斜映，繁星微闪。俯将尘世遥觇，只见空濛香雾。早离却玉府清严，一任佩摇风影，衣动霞光，小步红云垫。待将天上乐授宫襜，密召芳魂入彩蟾。来此已是唐宫之内。【贺新郎】你看鱼钥闭，龙帏掩，那杨妃呵，似海棠睡足增娇艳。【本序尾】轻唤起，拥冰簟。

〔唤介〕杨娘娘起来。〔旦扮梦中魂上〕

【渔灯儿】恰才的追凉后雨困云淹。畅好是酣眠处粉腻黄黏。〔贴〕娘娘有请。〔旦〕呀，深宫之内，檐下何人叫唤？悄没个宫娥报，轻来画檐。〔贴〕娘娘快请。〔旦作倦态欠身介〕我娇怯怯朦胧身欠，慢腾腾待自起开帘。

〔作出见贴介〕呀，原来是一个宫人！〔贴〕

【前腔】俺不是隶长门帚奉曾嫌，〔旦〕不是宫人，敢是别院的美人？〔贴〕俺不是列昭容御座曾瞻。〔旦〕这等你是何人？〔贴〕儿家月中侍儿，名唤寒簧，则俺的名在瑶宫月殿签。〔旦惊介〕原来是月中仙子，何因到此？〔贴〕恰才奉姮娥口敕亲传点，请娘娘到桂宫中花下消炎。

〔旦〕哦，有这等事！〔贴〕娘娘不必迟疑。儿家引导，就请同行。〔引旦行介〕〔合〕

聞樂

【锦渔灯】指碧落足下云生冉冉，步青霄听耳中风弄纤纤。乍凝眸星斗垂垂似可拈，早望见烂辉辉宫殿影在镜中潜。

〔旦〕呀，时当仲夏，为何这般寒冷？〔贴〕此即太阴月府，人间所传广寒宫者是也。就请进去。〔旦喜介〕想我浊质凡姿，今夕得到月府，好侥幸也。〔作进看介〕

【锦上花】清游胜满意忺。〔想介〕这些景物都似曾见过来！环玉砌绕碧檐，依稀风景漫猜嫌。那壁桂花开的恁早！〔贴〕此乃月中丹桂，四时常茂，花叶俱香。〔旦看介〕果然好花也！看不足喜更添。金英缀翠叶兼。氤氲芳气透衣缣，人在桂阴潜。

〔内作乐介〕〔旦〕你看一群仙女，素衣红裳，从桂树下奏乐而来，好不美听。〔贴〕此乃《霓裳羽衣》之曲也。〔杂扮仙女四人、六人或八人，白衣、红裙、锦云肩、璎珞、飘带，各奏乐，唱，绕场行上介，旦贴旁立看介〕

【锦中拍】携天乐花丛斗拈，拂霓裳露沾。迥隔断红尘荏苒，直写出瑶台清艳。纵吹弹舌尖玉纤韵添，惊不醒人间梦魇，停不驻天宫漏签。一枕游仙曲终闻盐，付知音重翻检。

〔同下〕〔旦〕妙哉此乐！清高宛转，感我心魂，真非人间所有也！

【锦后拍】缥缈中簇仙姿，宛曾觇。听彻清音意厌厌，数琳琅琬琰；数琳琅琬琰，一字字偷将凤鞋轻点，按宫商掐记指儿尖。晕羞脸，枉自许舞娇歌艳，比着这钧天雅奏多是歉。

请问仙子，愿求月主一见。〔贴〕要见月主还早。天色渐明，请娘娘回宫去罢。

【尾声】你攀蟾有路应相念，〔旦〕好记取新声无欠，〔贴〕只误了你把枕上君王半夜儿闪。

〔旦下〕〔贴〕杨妃已回唐宫，我索向月主娘娘复旨则个。

碧瓦桐轩月殿开，　　曹　唐
还将明月送君回。　　丁仙芝
钧天虽许人间听，　　李商隐
却被人间更漏催。　　黄　滔

第十二出　制　谱

【仙吕过曲 · 醉罗歌】【醉扶归】〔老旦上〕西宫才奉传呼罢，安排水榭要清佳。慢卷晶帘散朝霞，玉钩却映初阳挂。奴家永新是也。与念奴妹子同在西宫，承应贵妃杨娘娘。我娘娘再入宫闱，万岁爷更加恩幸。真乃三千宠爱在一身，六宫粉黛无颜色。今早娘娘分付，收拾荷亭，要制曲谱。念奴妹子在那里伏侍晓妆，奴家先到此间，不免将文房四宝，摆设起来。【皂罗袍】你看笔床初拂，光分素劄，砚池新注，香浮墨华，绿阴深处多幽雅。【排歌尾】竹风引，荷露洒，对波纹帘影弄参差。

呀，兰麝香飘，佩环风定，娘娘早则到也。〔旦引贴上〕

【正宫引子 · 新荷叶】幽梦清宵度月华，听《霓裳羽衣》歌罢。醒来音节记无差，拟翻新谱消长夏。

斗画长眉翠淡浓，远山移入镜当中。晓窗日射胭脂颊，一朵红酥旋欲融。我杨玉环自从截发感君之后，荷宠弥深。只有梅妃《惊鸿》一舞，圣上时常夸奖。思欲另制一曲，掩出其上。正在推敲，昨夜忽然梦入月宫。见桂树之下，仙女数人，素衣红裳，奏乐甚美。醒来追忆，音节宛然。因此分付永新，收拾荷亭，只待细配宫商，谱成新曲。〔老旦〕启娘娘：纸、墨、笔、砚，已安排齐备了。〔旦〕你与念奴一同在此伺候。〔老旦、贴应，作打扇、添香介〕〔旦作制谱介〕

【正宫过曲·刷子带芙蓉】【刷子序】荷气满窗纱，鸾笺慢伸，犀管轻拿，待谱他月里清音，细吐我心上灵芽。这声调虽出月宫，其间转移过度，细微曲折之处，须索自加细审。安插。一字字要调停如法，一段段须融和入化。这几声尚欠调匀，拍𠆾怎下？〔内作莺啼，旦执笔听介〕呀，妙阿！〔作改介〕【玉芙蓉】听宫莺、数声恰好应红牙。

〔搁笔介〕谱已制完，永新，是什么时候了？〔老旦〕晌午了。〔旦〕万岁爷可曾退朝？〔老旦〕尚未。〔旦〕永新，且随我更衣去来。念奴在此，伺候万岁爷到时，即忙通报。〔贴〕领旨。〔旦〕好凭晚镜增蛾翠，漫试香纱换蝶衣。〔引老旦随下〕〔生行上〕

【渔灯映芙蓉】【山渔灯】散千官，朝初罢。拟对玉人，长昼闲话。寡人方才回宫，听说妃子在荷亭上，因此一径前来。依流水待觅胡麻，把银塘路踏。〔作到介〕〔贴见介〕呀，万岁爷到了。〔生〕念奴，你娘娘在何处闲欢耍，怎堆香儿，有笔砚交加？〔贴〕娘娘在此制谱，方才更衣去了。〔生〕妃子，妃子！美人韵事，被你都占尽也。但不知制甚曲谱，待寡人看来。〔作坐翻看介〕消详，从头觑咱。妙哉！只这锦字荧荧银钩小，更度羽换宫没半米差。好奇怪，这谱连寡人也不知道。细按音节，不是人间所有，似从天下，果曲高和寡。妃子，不要说你娉婷绝世，只这一点灵心，有谁及得你来？【玉芙蓉】恁聪明，也堪压倒上阳花。

【普天赏芙蓉】【普天乐】〔旦换妆，引老旦上〕换轻妆，多幽雅。试生绡添潇洒。〔见生介〕臣妾见驾。〔生扶介〕妃子坐了。〔坐介〕〔生〕妃子，看你晚妆新试，妩媚益增。似迎风袅袅杨枝，宛凌波濯濯莲花。芳兰一朵斜把云鬟压，越显得庞儿风流煞。〔旦〕陛下今日退朝，因何恁晚？〔生〕只为灵武太守员缺，地方紧要，与廷臣议了半日，难得其人。朕特擢郭子仪，补授此缺，因此退朝迟了。〔旦〕妾候陛下不至，独坐荷亭，爱风来一弄明纱，闲学谱新声奏雅。【玉芙蓉】怕输他舞《惊鸿》，曲终满座有光华。

〔生〕寡人适见此谱，真乃千古奇音，《惊鸿》何足道也！〔旦〕妾凭臆见，草草创成。其中错误，还望陛下更定。〔生〕再同妃子，细细点勘一番。〔老旦、贴暗下〕〔生、旦并坐翻谱介〕

【朱奴折芙蓉】【朱奴儿】倚长袖香肩并亚，翻新谱玉纤同把。〔生〕妃子，似你绝调佳人世真寡，要觅破绽并无毫发。再问妃子，此谱何名？〔旦〕妾于昨夜梦入月宫，见一群仙女奏乐，尽着霓裳羽衣。意欲取此四字，以名此曲。〔生〕好个《霓裳羽衣》！非虚假，果合伴天香桂花。【玉芙蓉】〔作看旦介〕觑仙姿，想前身原是月中娃。

此谱即当宣付梨园，但恐俗手伶工，未谙其妙。朕欲令永新、念奴，先抄图谱，妃子亲自指授。然后传与李龟年等，教习梨园子弟，却不是好。〔旦〕领旨。〔生携旦起介〕天已薄暮，进宫去来。

【尾声】晚风吹，新月挂，〔旦〕正一缕凉生凤榻。〔生〕妃子，你看这池上鸳鸯早双眠并蒂花。

〔生〕 芙蓉不及美人妆，　　　　王昌龄
〔旦〕 杨柳风多水殿凉。　　　　刘长卿
〔老旦〕花下偶然歌一曲，　　　　曹　唐
〔合〕 传呼法部按《霓裳》。　　王　建

第十三出 权 哄

【双调引子·秋蕊香】〔副净引祗从上〕狼子野心难料，看跋扈渐肆咆哮，挟势辜恩更堪恼，索假忠言入告。

下官杨国忠。外凭右相之尊，内恃贵妃之宠。满朝文武，谁不趋承！独有安禄山这厮，外面假作痴愚，肚里暗藏狡诈。不知圣上因甚爱他，加封王爵！他竟忘了下官救命之恩，每每遇事欺凌，出言挺撞。好生可恨！前日曾奏圣上，说他狼子野心，面有反相，恐防日后酿祸，怎奈未见听从。今日进朝，须索相机再奏，必要黜退了他，方快吾意。来此已是朝门,左右回避。〔从下〕〔内喝道介〕〔副净〕呀,那边呵殿之声，且看是谁？〔净引祗从上〕

【玉井莲后】宠固君心，暗中包藏计狡。

左右回避。〔从下〕〔净见副净介〕请了。〔副净笑介〕哦，原来是安禄山！〔净〕老杨，你叫我怎么？〔副净〕这是九重禁地，你怎敢在此大声呵殿？〔净作势介〕老杨，你看我：脱下御衣亲赐着，进来龙马每教骑。常承密旨趋朝数，独奏边机出殿迟。我做郡王的，便呵殿这么一声，也不妨，比似你右相还早哩！〔副净冷笑介〕好，好个“不妨”！安禄山，我且问你,这般大模大样是几时起的？〔净〕下官从来如此。〔副净〕安禄山，你也还该自去想一想！〔净〕想甚么？〔副净〕你只想当日来见我的时节，可是这个模样么？〔净〕彼一时，此一时，说他怎的。〔副净〕唉，安禄山，

【仙吕入双调过曲·风入松】你本是刀头活鬼罪难逃,那时节长跪阶前哀告。我封章入奏机关巧，才把你身躯全保。〔净〕赦罪复官，出自圣恩。与你何涉？〔副净〕好，倒说得干净！只太把良心昧了。恩和义付与水萍飘。

〔净〕唉，杨国忠，你可晓得，

【前腔】世间荣落偶相遭？休夸着势压群僚。你道我失机之罪，可也记得南诏的事么？胡卢提掩败将功冒，怪浮云蔽遮天表。〔副净〕圣明在上，谁敢朦蔽？这不是谤君么！〔净〕还说不朦蔽，你卖爵鬻官多少？贪财货，竭脂膏。〔副净〕住了，你道卖官鬻爵，只问你的富贵，是那里来的？〔冷笑介〕〔净〕也非止这一桩。若论你恃戚里，施奸狡;误国罪，有千条。〔副净〕休得把、诬蔑语，凭虚造。〔扯净介〕我与你，同去面当朝！

〔净〕谁怕你来，同去，同去！〔作同扭进朝俯伏介〕〔副净〕臣杨国忠谨奏：

【前腔】〔本调〕禄山异志腹藏刀，外作痴愚容貌，奸同石勒倚东门啸。他不拜储君，公然桀傲，这无礼难容圣朝。望吾皇立赐罢斥，除凶恶早绝祸根苗。

〔净伏介〕臣安禄山谨奏：

【前腔】念微臣谬荷主恩高，遂使嫌生权要，愚蒙触忤知难保。〔泣介〕陛下呵，怕孤立终落他圈套。微臣呵，寸心赤只有吾皇鉴昭。容出镇犬马效微劳。〔内〕圣旨道来：杨国忠、安禄山互相讦奏，将相不和，难以同朝共理。特命安禄山为范阳节度使，剋期赴镇。谢恩。〔净、副净〕万岁！〔起介〕〔净向副净拱手介〕老丞相，下官今日去了，你再休怪我大模大样。朝门内，一任你、张牙爪，我去开幕府，自逍遥。〔副净冷笑介〕〔净欲下，复转向副净介〕还有一句话儿，今日下官出镇，想也仗、回天力、相提调。〔举手介〕请了，我且将冷眼、看伊曹。

〔下〕〔副净看净下介〕呀，有这等事！

【前腔】〔本调〕一腔块垒怎生消，我待把他威风抹倒；谁知反分节钺添荣耀！这话靶教人嘲笑。咳，但愿禄山此去，做出事来，方信我忠言最早！圣上，圣上，到此际可也悔今朝！

去邪当断勿狐疑，　周　昙
祸稔萧墙竟不知；　储嗣宗
壮气未平空咄咄，　徐　铉
甘言狡计奈娇痴！　郑　嵎

第十四出　偷　曲

【仙吕过曲·八声甘州】〔老旦、贴携谱上〕〔老旦〕《霓裳》谱定，〔贴合〕向绮窗深处秘本翻謄。香喉玉口，亲将绝调教成。〔老旦〕奴家永新，〔贴〕奴家念奴。〔老旦〕自从娘娘制就《霓裳》新谱，我二人亲蒙教授。今驾幸华清宫，即日要奏此曲。命我二人，在朝元阁上，传谱与李龟年，连夜教演梨园子弟。〔贴〕散序俱已传习，今日该传拍序了。〔老旦〕你看月明如水，正好演奏。我和你携了曲谱，先到阁中便了。〔行介〕〔合〕凉蟾正当高阁升，帘卷薰风映水晶。高清，恰称广寒宫仙乐声声。〔下〕

【道宫近词·鱼儿赚】〔末苍髯，扮李龟年上〕乐部旧闻名，班首新推独老成。早暮趋承，上直更番入内廷。自家李龟年是也，向作伶官，蒙万岁爷点为梨园班首。今有贵妃娘娘《霓裳》新曲，奉旨令永新、念奴传谱出来，在朝元阁上教演，立等供奉。只得连夜趱习，不免唤齐众兄弟每同去。兄弟每那里？〔副净扮马仙期上〕仙期方响鬼神惊，〔外扮雷海青上〕铁拨争推雷海青。〔净白须扮贺怀智上〕贺老琵琶擅场屋，〔丑扮黄旛绰上〕黄家旛绰板尤精。〔同见末介〕李师父拜揖。〔末〕请了。列位呵，君王命，《霓裳》催演不教停。那永新、念奴呵，两娉婷，把红牙小谱携端正，早向朝元待月明。〔众〕如此，我每就去便了。〔末〕请同行。〔同行介〕趁迟迟宫漏夜凉生，把新腔敲订，新腔敲订。〔同下〕

【仙吕过曲·解三醒犯】〔小生巾服扮李謩上〕【解三醒】逞风魔少年逸兴，借曲中妙理陶情。传闻今夜蓬莱境，翻妙谱奏新声。小生李謩是也，本贯江南，遨游京国。自小谙通音律，久参铁笛擅名。近闻宫中新制一曲，名曰《霓裳羽衣》。乐工李龟年等，每夜在朝元阁中演习。小生慕此新声，无从得其秘谱。打听的那阁子，恰好临着宫墙，声闻于外。不免袖了铁笛，来到骊山，趁此月明如昼，窃听一回。一路行来，果然好景致也！〔行介〕林收暮霭天气清，山入寒空月彩横。真佳景，【八声甘州】宛身从画里游行。

〔场上设红帷作墙，墙内搭一阁介〕〔小生〕说话之间，早来到宫墙下了。

【道宫调近词·应时明近】只见五云中，宫阙影，窈窕玲珑映月明，光辉看不定，光辉看不定。想潜通御气，处处仙楼，阑干畔有玉人闲凭。

闻那朝元阁，在禁苑西首，我且绕着红墙，迤逦行去。〔行介〕

【前腔】花阴下，御路平，紧傍红墙款款行。〔望介〕只这垂杨影里，一座高楼露出墙头，想就是了。凝眸重细省，凝眸重细省，只见画帘缥缈，文窗掩映。〔指介〕兀的不是上有红灯！

〔老旦、贴在墙内上阁介〕〔末众在内云〕今日该演拍序，大家先将散序，从头演习一番。

〔小生〕你看上面灯光隐隐，似有人声，一定是这里了。我且潜听一回。〔作潜立听介〕

【双赤子】悄悄冥冥，墙阴窃听。〔内作乐介〕〔小生作袖出笛介〕不免取出笛来，倚声和之。就将音节，细细记明便了。听到月高初更后，果然弦索齐鸣。恰喜禁垣，夜深人静，琤璁齐应。这数声恍然心领，那数声恍然心领。

〔内细十番，小生吹笛和介〕〔乐止，老旦、贴在内阁上唱后曲，小生吹笛合介〕〔老旦、贴〕

【画眉儿】骊珠散迸，入怕初惊。云翻袂影，飘然回雪舞风轻。飘然回雪舞风轻，约略烟蛾态不胜。〔小生接唱〕这数声恍然心领，那数声恍然心领。

〔内细十番如前，老旦、贴内唱，小生笛合介〕〔老旦、贴〕

【前腔】珠辉翠映，凤翥鸾停。玉山蓬顶，上元挥袂引双成。上元挥袂引双成，萼绿回肩招许琼。〔小生接唱〕这数声恍然心领。那数声恍然心领。

〔内又如前十番，老旦、贴内唱，小生笛合介〕〔老旦、贴〕

【前腔】音繁调骋，丝竹纵横。翔云忽定，慢收舞袖弄轻盈。慢收舞袖弄轻盈，飞上瑶天歌一声。〔小生接唱〕这数声恍然心领，那数声恍然心领。

〔内又十番一通，老旦、贴暗下〕〔小生〕妙哉曲也！真个如敲秋竹，似戛春冰，分明一派仙音，信非人世所有！被我都从笛中偷得，好侥幸也！

【鹅鸭满渡船】《霓裳》天上声，墙外行人听。音节明，宫商正，风内高低应。偷从笛里，写出无余剩。呀，阁上寂然无声，想是不奏了。人散曲终红楼静，半墙残月摇花影。

你看河斜月落，斗转参横，不免回去罢。〔袖笛转行介〕

【尾声】却回身，寻归径。只听得玉河流水韵幽清，犹似《霓裳》袅袅声。

偷曲
龍向潛懷倚鳳墻寫
聲嫩嫩出昭陽月明然後
人蹤散拍拍分明穩記將

倚天楼殿月分明，　　杜　牧
歌转高云夜更清。　　赵　嘏
偷得新翻数般曲，　　元　稹
酒楼吹笛有新声。　　张　祜

第十五出　进　果

【过曲·柳穿鱼】〔末扮使臣持竿、挑荔枝篮，作鞭马急上〕一身万里跨征鞍，为进离支受艰难。上命遣差不由己，算来名利怎如闲！巴得个到长安，只图贵妃看一看。

自家西州道使臣，为因贵妃杨娘娘。爱吃鲜荔枝，奉敕涪州，年年进贡。天气又热，路途又远，只得不惮辛勤，飞马前去。〔作鞭马重唱“巴得个”三句跑下〕

【撼动山】〔副净扮使臣持荔枝篮、鞭马急上〕海南荔子味尤甘，杨娘娘偏喜啖。采时连叶包，缄封贮小竹篮。献来晓夜不停骖，一路里怕耽，望一站也么奔一站！

自家海南道使臣。只为杨娘娘爱吃鲜荔枝，俺海南所产，胜似涪州，因此敕与涪州并进。但是俺海南的路儿更远，这荔枝过了七日，香味便减，只得飞驰赶去。〔鞭马重唱“一路里”二句跑下〕

【十棒鼓】〔外扮老田夫上〕田家耕种多辛苦，愁旱又愁雨。一年靠这几茎苗，收来半要偿官赋，可怜能得几粒到肚！每日盼成熟，求天拜神助。

老汉是金城县东乡一个庄家。一家八口，单靠着这几亩薄田过活。早间听说进鲜荔枝的使臣，一路上捎着径道行走，不知踏坏了人家多少禾苗！因此，老汉特到田中看守。〔望介〕那边两个算命的来了。〔小生扮算命瞎子手持竹板，净扮女瞎子弹弦子，同行上〕

【蛾郎儿】住褒城，走咸京，细看流年与五星。生和死，断分明，一张铁口尽闻名。瞎先生，真灵圣，叫一声，赛神仙，来算命。

〔净〕老的，我走了几程，今日脚疼，委实走不动。不是算命，倒在这里挣命了。〔小生〕妈妈，那边有人说话，待我问他。〔叫介〕借问前面客官，这里是什么地方了？〔外〕这是金城东乡，与渭城西乡交界。〔小生斜揖介〕多谢客官指引。〔内铃响，外望介〕呀，一队骑马的来了。〔叫介〕马上长官，往大路上走，不要踏了田苗！〔小生一面对净语介〕妈妈，且喜到京不远，我每叫向前去，雇个毛驴子与你骑。〔重唱“瞎先生”三句走介〕〔末鞭马重唱前“巴得个”三句急上，冲倒小生、净下〕〔副净鞭马重唱前“一路里”二句急上，踏死小生下〕〔外跌脚向鬼门哭介〕天啊，你看一片田禾，都被那厮踏烂，眼见的没用了。休说一家性命难存，现今官粮紧急，将何办纳！好苦也！〔净一面作爬介〕哎呀，踏坏人了，老的啊，你在那里？〔作摸着小生介〕呀，这是老的。怎么不做声，敢是踏昏了？〔又摸介〕哎呀，头上湿渌渌的。〔又摸闻手介〕不好了，踏出脑浆来了！〔哭叫介〕我那天呵，地方救命！〔外转身作看介〕原来一个算命先生，踏死在此。〔净起斜福介〕只求地方，叫那跑马的人来偿命。〔外〕哎，那跑马的呵，乃是进贡鲜荔枝与杨娘娘的。一路上来，不知踏坏了多少人，不敢要他偿命。何况你这一个瞎子！〔净〕如此怎了！〔哭介〕我那老的呵，我原算你的命，是要倒路死的。只这个尸首，如今怎么断送！〔外〕也罢，你那里去叫地方，就是老汉同你抬去埋了罢。〔净〕如此多谢，我就跟着你做一家儿，可不是好！〔同抬小生〕〔哭，诨下〕〔丑扮驿卒上〕

【小引】驿官逃，驿官逃，马死单单剩马膘。驿子有一人，钱粮没半分。拼受打和骂，将身去招架，将身去招架！

自家渭城驿中，一个驿子便是。只为杨娘娘爱吃鲜荔枝，六月初一是娘娘的生日，涪州、海南两处进贡使臣，俱要赶到。路由本驿经过，怎奈驿中钱粮没有分文，瘦马刚存一匹。本官怕打，不知逃往那里去了，区区就便权知此驿。只是使臣到来，如何应付？且自由他！〔末飞马上〕

【急急令】黄尘影内日衔山，赶赶赶，近长安。〔下马介〕驿子，快换马来。〔丑接马、末放果篮、整衣介〕〔副净飞马上〕一身汗雨四肢瘫，趱趱趱，换行鞍。

〔下马介〕驿子，快换马来。〔丑接马，副净放果篮、与末见介〕请了，长官也是进荔枝的？〔末〕正是。〔副净〕驿子，下程酒饭在那里？〔丑〕不曾备得。〔末〕也罢，我每不吃饭了，快带马来。〔丑〕两位爷在上，本驿只剩有一匹马，但凭那一位爷骑去就是。〔副净〕哇，偌大一个渭城驿，怎么只有一匹马！快唤你那狗官来，问他驿马那里去了？〔丑〕若说起驿马，连年都被进荔枝的爷每骑死了。驿官没法，如今走了。〔副净〕既是驿官走了，只问你要。〔丑指介〕这棚内不是一匹马么？〔末〕驿子，我先到，且与我先骑了去。〔副净〕我海南的来路更远，还让我先骑。〔末作向内介〕

【恁麻郎】我只先换马，不和你斗口。〔副净扯介〕休恃强，惹着我动手。〔末取荔枝在手介〕你敢把我这荔枝乱丢！〔副净取荔枝向末介〕你敢把我这竹笼碎扭！〔丑劝介〕请罢休，免气吼，不如把这匹瘦马同骑一路走！

〔副净放荔枝打丑介〕哇，胡说！

進果
驛卒遞亡驛
馬疲荔枝
方得供天
廚可憐
萬里奔波
苦博
得佳
人一
笑歡

【前腔】我只打你这泼腌臜死囚!〔末放荔枝打丑介〕我也打你这放刁顽贼头!〔副净〕克官马嘴儿太油。〔末〕误上用胆儿似斗。〔同打介〕〔合〕鞭乱抽,拳痛殴,打得你难捱那马自有!

【前腔】〔丑叩头介〕向地上连连叩头,望台下轻轻放手。〔末、副净〕若要饶你,快换马来。〔丑〕马一匹驿中现有,〔末、副净〕再要一匹。〔丑〕第二匹实难补凑。〔末、副净〕没有只是打!〔丑〕且慢纽,请听剖,我只得脱下衣裳与你权当酒!

〔脱衣介〕〔末〕谁要你这衣裳!〔副净作看衣、披在身上介〕也罢,赶路要紧。我原骑了那马,前站换去。〔取果上马,重唱前"一路里"二句跑下〕〔末〕快换马来我骑。〔丑〕马在此。〔末取果上马,重唱前"巴得个"三句跑下〕〔丑吊场〕咳,杨娘娘,杨娘娘,只为这几个荔枝呵!

铁关金锁彻明开,　　崔　液
黄纸初飞敕字回。　　元　稹
驿骑鞭声砉流电,　　李　郢
无人知是荔枝来。　　杜　牧

第十六出　舞　盘

【仙吕引子·奉时春】〔生引二内侍、丑随上〕山静风微昼漏长，映殿角火云千丈。紫气东来，瑶池西望，翩翩青鸟庭前降。

朕同妃子避暑骊山。今当六月朔日，乃是妃子诞辰。特设宴在长生殿中，与他称庆，并奏《霓裳》新曲。高力士传旨后宫，宣娘娘上殿。〔丑〕领旨。〔向内传介〕〔内应"领旨"介〕〔旦盛妆，引老旦、贴上〕

【唐多令】日影耀椒房，花枝弄绮窗，门悬小帨赭罗黄。绣得文鸾成一对，高傍着五云翔。

〔见介〕臣妾杨氏见驾。愿陛下万岁，万万岁！〔生〕与妃子同之。〔旦坐介〕〔生〕紫云深处婺光明，〔旦〕带露灵桃倚日荣。〔老旦、贴〕岁岁花前人不老，〔丑合〕长生殿里庆长生。〔生〕今日妃子初度，寡人特设长生之宴，同为竟日之欢。〔旦〕薄命生辰，荷蒙天宠。愿为陛下进千秋万岁之觞。〔丑〕酒到。〔旦拜，献生酒，生答赐，旦跪饮，叩头呼"万岁"，坐介〕〔生〕

【高平过曲·八仙会蓬海】【八声甘州】风薰日朗，看一叶阶蓂，摇动炎光。华筵初启，南山遥映霞觞。【玩仙灯】〔合〕果合欢桃生千岁，花并蒂莲开十丈。【月上海棠】宜欢赏，恰好殿号长生，境齐蓬阆。

〔小生扮内监，捧表上〕手捧金花红榜子，齐来宝殿祝千秋。〔见介〕启万岁爷、娘娘：国舅杨丞相，同韩、虢、秦三国夫人，献上寿礼贺笺，在外朝贺。〔丑取笺送生看介〕〔生〕生受他每。丞相免行礼，回朝办事。三国夫人，候朕同娘娘回宫筵宴。〔小生〕领旨。〔下〕〔净扮内监捧荔枝、黄袱盖上〕正逢瑶圃千秋宴，进到炎州十八娘。〔见介〕启万岁爷，涪州、海南贡进鲜荔枝在此。〔生〕取上来。〔丑接荔枝去袱、送上介〕〔生〕妃子，朕因你爱食此果，特敕地方飞驰进贡。今日寿宴初开，佳果适至，当为妃子再进一觞。〔旦〕万岁！〔生〕宫娥每，进酒。〔老、贴进酒介〕〔旦〕

【杯底庆长生】【倾杯序】〔换头〕盈筐、佳果香，幸黄封、远敕来川广。爱他浓染红绡，薄裹晶丸，入手清芬，沁齿甘凉。【长生导引】〔合〕便火枣、交梨应让，只合来万岁台前，千秋筵上，伴瑶池阿母进琼浆。

高力士，传旨李龟年，押梨园子弟上殿承应。〔丑〕领旨。〔向内传介〕〔末引外、净、副净、丑各锦衣、花帽，应“领旨”上〕红牙待拍筝排柱，催着红罗上舞筵，换戴柘枝新帽子，随班行到御阶前。〔见介〕乐工李龟年，押领梨园子弟，叩见万岁爷、娘娘。〔生〕李龟年，《霓裳》散序昨已奏过，《羽衣》第二叠可曾演熟？〔末〕演熟了。〔生〕用心去奏。〔末〕领旨。〔起介〕〔暗下〕〔旦〕妾启陛下：此曲散序六奏，止有歇拍而无流拍。中序六奏，有流拍而无促拍，其时未有舞态。

【八仙会蓬海】〔换头〕只是悠扬，声情俊爽。要停住彩云，飞绕虹梁。至羽衣三叠，名曰饰奏。一声一字，都将舞态含藏。其间有慢声，有缠声，有衮声，应清圆骊珠一串；有入破，有摊破，有出破，合袅娜氍毹千状；还有花犯，有道和，有傍拍，有间拍，有催拍，有偷拍，多音响，皆与慢舞相生，缓歌交畅。

〔生〕妃子所言，曲尽歌舞之蕴。〔旦〕妾制有翠盘一面，请试舞其中，以博天颜一笑。〔生〕妃子妙舞，寡人从未得见。永新、念奴，可同郑观音、谢阿蛮伏侍娘娘，上翠盘来者。〔老、贴〕领旨。〔旦起福介〕告退更衣。整顿衣裳重结束，一身飞上翠盘中。〔引老、贴下〕〔生〕高力士，传旨李龟年，领梨园子弟按谱奏乐。朕亲以羯鼓节之。〔丑〕领旨。〔向内传介〕〔生起更衣，末、众在场内作乐介〕〔场上设翠盘，旦花冠、白绣袍、璎珞、锦云肩、翠袖、大红舞裙，老、贴同净、副净扮郑观音、谢阿蛮，各舞衣、白袍，执五彩霓旌、孔雀云扇，密遮旦簇上翠盘介〕〔乐止，旌扇徐开，旦立盘中舞，老、贴、净、副唱，丑跪捧鼓，生上坐击鼓，众在场内打细十番合介〕

【羽衣第二叠】【画眉序】罗绮合花光，一朵红云自空漾。【皂罗袍】看霓旌四绕，乱落天香。【醉太平】安详，徐开扇影露明妆。【白练序】浑一似天仙，月中飞降。〔合〕轻扬，彩袖张，向翡翠盘中显伎长。【应时明近】飘然来又往，宛迎风菡萏，【双赤子】翩翻叶上。举袂向空如欲去，乍回身侧度无方。〔急舞介〕【画眉儿】盘旋跌宕，花枝招飐柳枝扬，凤影高骞鸾影翔。【拗芝麻】体态娇难状，天风吹起，众乐缤纷响。【小桃红】冰弦玉柱声嘹喨，鸾笙象管音飘荡，【花药栏】恰合着羯鼓低昂。按新腔，度新腔，【怕春归】袅金裙，齐作留仙想。〔生住鼓，丑携去介〕【古轮台】舞住敛霞裳，〔朝上拜介〕重低颡，山呼万岁拜君王。

〔老、贴、净、副扶旦下盘介〕〔净、副暗下〕〔生起，前携旦介〕妙哉，舞也！逸态横生，浓姿百出。宛若翾风回雪，恍如飞燕游龙，真独擅千秋矣！宫娥每，看酒来，待朕与妃子把杯。〔老、贴奉酒，生擎杯介〕

【千秋舞霓裳】【千秋岁】把金觞，含笑微微向，请一点点檀口轻尝。〔付旦介〕休得留残，休得留残，酬谢你舞怯腰肢劳攘。〔旦接杯谢介〕万岁！【舞霓裳】亲颁玉酝恩波广，惟惭庸劣怎承当！〔生看旦介〕俺仔细看他模样，只这持杯处，有万种风流殢人肠。

〔生〕朕有鸳鸯万金锦十匹，丽水紫磨金步摇一事，聊作缠头。〔出香囊介〕还有自佩瑞龙脑八宝锦香囊一枚，解来助卿舞佩。〔旦接香囊谢介〕万岁！〔生携旦行介〕

【尾声】〔生〕《霓裳》妙舞千秋赏，合助千秋祝未央。〔旦〕侥幸杀亲沐君恩透体香。

〔生〕长生秘殿倚青苍，　　吴　融
〔旦〕玉醴还分献寿觞。　　张　说
〔生〕饮罢更怜双袖舞，　　韩　翃
〔旦〕满身新带五云香。　　曹　唐

第十七出　合　围

〔外、末、副净、小生扮四番将上〕〔外〕三尺镔刀耀雪光,〔末〕腰间明月角弓张。〔副净〕葡萄酒醉胭脂血,〔小生〕貂帽花添锦绣装。〔外〕俺范阳镇东路将官何千年是也。〔末〕俺范阳镇西路将官崔乾祐是也。〔副净〕俺范阳镇南路将官高秀岩是也。〔小生〕俺范阳镇北路将官史思明是也。〔各弯腰见科〕请了,昨奉王爷将令,传集我等,只得齐至帐前伺候。道犹未了,王爷升帐也。〔内鼓吹、掌号科〕〔净戎装引番姬、番卒上〕

【越调·紫花拨四】统貔貅雄镇边关,双眸觑破番和汉,掌儿中握定江山,先把这四周围爪牙迭办。

我安禄山夙怀大志,久蓄异谋。只因一向在朝,受封东平王爵,宠幸无双,富贵已极,咱的心愿倒也罢了。叵耐杨国忠那厮,与咱不合,出镇范阳。且喜跳出樊笼,正好暗图大事。俺家所辖,原有三十二路将官,番汉并用。性情各别,难以任为腹心。因此奏请一概俱用番将。如今大小将领,皆咱部落。〔笑科〕任意所为,都无顾忌了。昨日传集他每俱赴帐前,这咱敢待齐也!〔众进见科〕三十二路将官参见。〔净〕诸将少礼。〔众〕请问王爷,传集某等,不知有何钧令?〔净〕众将官,目今秋高马壮,正好演习武艺。特召你等,同往沙地,大合围场,较猎一番。多少是好!〔众〕谨遵将令。〔净〕就此跨马前去。〔同众作上马科〕〔净〕

【胡拨四犯】紫缰轻挽,〔合〕双手把紫缰轻挽,骗上马,将盔缨低按。〔行科〕闪旗影云殷,没揣的动龙蛇,一直的通霄汉。按奇门布下了九连坏,觑定了这小中原在眼,消不得俺众路强蕃。〔众四面立,净指科〕这一员身材剽悍,那一员结束牢拴,这一员莽兀喇拳毛高鼻,那一员恶支沙雕目胡颜,这一员会急迸格邦的弓开月满,那一员会滴溜扑碌的锤落星寒,这一员会咭吒克擦的枪风闪烁,那一员会悉力飒剌的剑雨澎滩,端的是人如猛虎离山涧,显英雄天可汗!〔众行科〕〔合〕振军威,扑通通鼓鸣,惊魂破胆;排阵势,韵悠悠角声,人疾马闲。抵多少雷轰电转,可正是海沸也那河翻。折末的铜作壁,铁作垒,有甚么攻不破、攻不破也雄关!〔净〕这里地阔沙平,就此摆开围场,射猎一回者。〔净同番姬立高处,众排围射猎下〕〔净〕摆围场这间、这间,四下里来挤攒、挤攒。马蹄儿泼刺刺旋风趄，不住的把弓来紧弯，弦来急攀。一回呵滚沙场兔、鹿儿无头赶，都难动弹，就地里跑踣。〔众射鸟兽上〕〔净〕把鹰、犬放过去者。〔众应，放鹰、犬科，跑下〕〔净〕呀呀呀，疾忙里一壁厢把翅摩霄的玉爪腾空散，一壁厢把足驾雾的金獒逐路拦，霎时间兽积、兽积如山。〔众上献猎物科〕禀王爷：众将献杀。〔净〕打的鸟兽，散给众军。就此高坡上，把人马歇息片时。大家炙肉暖酒，番姬每歌的歌，舞的舞，洒落一回者。〔众〕得令。〔同席地坐，番姬送净酒，众作拔刀割肉，提背壶斟酒，大饮啖科〕〔番姬弹琵琶、浑不是，众打太平鼓板〕〔合〕斟起这酪浆儿，满满的浮金盏，满满的浮金盏。更把那连毛带血肉生餐，笑拥着番姬双颊丹，把琵琶忒楞楞弹也么弹，唱新声《菩萨蛮》。〔净起科〕吃了一会，酒醉肉饱。天色已晚，诸将各回汛地。须要整顿兵器，练习军马，听候将令便了。〔众应科〕得令。〔作同上马吹海螺，侧帽、摆手绕场疾行科〕听罢了令，疾翻身跃登锦鞍，侧着帽、摆手轻儇。各自里回还，镇守定疆藩。摆搠些旗竿，装折着轮辐，听候传番，施逞凶顽。天降摧残，地起波澜。把渔阳凝盼，一飞羽箭，争赴兵坛，专等你个抱赤心的将军、将军来调拣。

〔众下〕〔净〕你看诸路番将，一个个人强马壮，眼见得的羽翼已成。〔笑科〕唐天子，唐天子，我怎当得也！

【煞尾】没照会，先去了那掣肘汉家官；有机谋，暗添上这助臂番儿汉。等不的宴华清《霓裳》法曲终，早看俺闹鼓鼙渔阳骁将反。

六州番落从戎鞍，　　薛　逢
战马闲嘶汉地宽。　　刘禹锡
倏忽抟风生羽翼，　　骆宾王
山川龙战血漫漫。　　胡　曾

第十八出　夜　怨

【正宫引子·破齐阵】【破阵子头】〔旦上〕宠极难拚轻舍，欢浓分外生怜。【齐天乐】比目游双，鸳鸯眠并，未许恩移情变。【破阵子尾】只恐行云随风引，争奈闲花竞日妍，终朝心暗牵。

〔清平乐〕卷帘不语，谁识愁千缕？生怕韶光无定主，暗里乱催春去。　　心中刚自疑猜，那堪踪迹全乖。凤辇却归何处？凄凉日暮空阶。奴家杨玉环，久邀圣眷，爱结君心。叵耐梅精江采苹，意不相下。恰好触忤圣上，将他迁置楼东。但恐采苹巧计回天，皇上旧情未断，因此常自堤防。唉，江采苹，江采苹，非是我容你不得，只怕我容了你，你就容不得我也！今早圣上出朝，日色已暮，不见回宫，连着永新、念奴打听去了。此时情绪，好难消遣也！

【仙吕入双调·风云会四朝元】【四朝元头】烧残香串，深宫欲暮天。把文窗频启，翠箔高卷，眼儿几望穿。但常时此际，但常时此际，【会河阳】定早驾到西宫，执手齐肩。【四朝元】花映房栊，春生颜面，【驻云飞】百种耽欢恋。嗏，今夕问何缘，【一江风】芳草黄昏，不见承回辇？〔内作鹦哥叫“圣驾来也”介〕〔旦作惊看介〕呀，圣上来了！〔作看介〕呸，原来是鹦哥弄巧言，把愁人故相骗。【四朝元尾】只落得徘徊伫立，思思想想画栏凭遍。

〔老旦上〕闻道君王前殿宿，内家各自撒红灯。〔见介〕启娘娘：万岁爷已宿在翠华西阁了。〔旦呆介〕有这等事！〔泣介〕

【前腔】君情何浅，不知人望悬！正晚妆慵卸，暗烛羞剪，待君来同笑言。向琼筵启处，向琼筵启处，醉月觞飞，梦雨床连。共命无分，同心不舛，怎蓦把人疏远！〔老旦〕万岁爷今夜偶不进宫，料非有意疏远，娘娘请勿伤怀！〔旦〕嗏，若不是情迁，便宿离宫，阿监何妨遣。我想圣上呵，从来未独眠，鸳衾厌孤展，怎得今宵枕畔，清清冷冷竟无人荐！

〔贴上〕雪隐鹭鸶飞始见，柳藏鹦鹉语方知。〔见介〕娘娘，奴婢打听翠阁的事来了。〔旦〕怎么说？〔贴〕娘娘听启：奴婢方才呵，〔月临江〕悄向翠华西阁，守将时近黄昏，忽闻密旨遣黄门。〔旦〕遣他何处去呢？〔贴〕飞鞭乘戏马，灭烛召红裙。〔旦急问介〕

召那一个？〔贴〕贬置楼东怨女，梅亭旧日妃嫔。〔旦惊介〕呀，这是梅精了。他来也不曾？〔贴〕须臾簇拥那佳人，暗中归翠阁。〔老旦问介〕此话果真否？〔贴〕消息探来真。〔旦〕唉，天那！原来果是梅精复邀宠幸了。〔做不语闷坐、掩泪介〕〔老旦、贴〕娘娘请免愁烦。〔旦〕

【前腔】闻言惊颤，伤心痛怎言。〔泪介〕把从前密意，旧日恩眷，都付与泪花儿弹向天。记欢情始定，记欢情始定，愿似钗股成双，盒扇团圆。不道君心，霎时更变，总是奴当谴。嗏，也索把罪名宣，怎教冻蕊寒葩，暗识东风面。可知道身虽在这边，心终系别院。一味虚情假意，瞒瞒昧昧，只欺奴善。

〔贴〕娘娘还不知道，奴婢听得小黄门说，昨日万岁爷在华萼楼上，私封珍珠一斛去赐他，他不肯受。回献一诗，有"长门自是无梳洗，何必珍珠慰寂寥"之句，所以致有今夜的事。〔旦〕哦，原来如此，我那里知道！

【前腔】他向楼东写怨，把珍珠暗里传。直恁的两情难割，不由我寸心如剪。也非咱心太褊，只笑君王见错；笑君王见错，把一个罪废残妆，认是金屋婵娟。可知我守拙鸾凰，斗不上争春莺燕！〔老旦〕万岁爷既不忘情于他，娘娘何不迎合上意，力劝召回。万岁爷必然欢喜，料他也不敢忘恩。〔旦〕唉，此语休提。他自会把红丝缠。嗏，何必我重牵。只怕没头兴的媒人，反惹他憎贱。你二人随我到翠阁去来。〔贴〕娘娘去怎的？〔旦〕我到那里，看他如何逞媚妍，如何卖机变，取次把君情鼓动，颠颠倒倒暗中迷恋。

〔贴〕奴婢想今夜翠阁之事，原怕娘娘知道。此时夜将三鼓，万岁爷必已安寝。娘娘猝然走去，恐有未便。不如且请安眠，到明日再作理会。〔旦作不语，掩泪叹介〕唉，罢罢，只今夜教我如何得睡也！

【尾声】他欢娱只怕催银箭，我这里寂寥深院，只索背着灯儿和衣将空被卷。

紫禁迢迢宫漏鸣，　戴叔伦
碧天如水夜云生。　温庭筠
泪痕不与君恩断，　刘　皂
斜倚薰笼坐到明。　白居易

第十九出　絮　阁

〔丑上〕自闭昭阳春复秋，罗衣湿尽泪还流。一种蛾眉明月夜，南宫歌舞北宫愁。咱家高力士，向年奉使闽粤，选得江妃进御，万岁爷十分宠幸。为他性爱梅花，赐号梅妃，宫中都称为梅娘娘。自从杨娘娘入侍之后，宠爱日夺，万岁爷竟将他迁置上阳宫东楼。昨夜忽然托疾，宿于翠华西阁，遣小黄门密召到来。戒饬官人，不得传与杨娘娘知道。命咱在阁前看守，不许闲人擅进。此时天色黎明，恐要送梅娘娘回去，只索在此伺候咱。〔虚下〕〔旦行上〕

【北黄钟·醉花阴】一夜无眠乱愁搅，未拔白潜踪来到。往常见红日影弄花梢，软咍咍春睡难消，犹自压绣衾倒。今日呵，可甚的凤枕急忙抛，单则为那筹儿撇不掉。

〔丑一面暗上望科〕呀，远远来的，正是杨娘娘，莫非走漏了消息么？现今梅娘娘还在阁里，如何是好？〔旦到科〕〔丑忙见科〕奴婢高力士，叩见娘娘。〔旦〕万岁爷在那里？〔丑〕在阁中。〔旦〕还有何人在内？〔丑〕没有。〔旦冷笑科〕你开了阁门，待我进去看者。〔丑慌科〕娘娘且请暂坐。〔旦坐科〕〔丑〕奴婢启上娘娘：万岁爷昨日呵，

【南画眉序】只为政勤劳，偶尔违和厌烦扰。〔旦〕既是圣体违和，怎生在此驻宿？〔丑〕爱清幽西阁，暂息昏朝。〔旦〕在里面做甚么？〔丑〕偃龙床，静养神疲。〔旦〕你在此何事？〔丑〕守玉户不容人到。〔旦怒科〕高力士，你待不容我进去么？〔丑慌叩头科〕娘娘息怒，只因亲奉君王命，量奴婢敢行违拗！

【北喜迁莺】〔旦怒科〕哇，休得把虚脾来掉，嘴喳喳弄鬼妆幺。〔丑〕奴婢怎敢？〔旦〕焦也波焦，急的咱满心越恼。我晓得你今日呵，别有个人儿挂眼稍，倚着他宠势高，明欺我失恩人时衰运倒。〔起科〕也罢，我只得自把门敲。

〔丑〕娘娘请坐，待奴婢叫开门来。〔做高叫科〕杨娘娘来了，开了阁门者。〔旦坐科〕〔生披衣引内侍上，听科〕

【南画眉序】何事语声高，蓦忽将人梦惊觉。〔丑又叫科〕杨娘娘在此，快些开门。〔内侍〕启万岁爷，杨娘娘到了。〔生作呆科〕呀，这春光漏泄，怎地开交？〔内侍〕

这门还是开也不开？〔生〕慢着。〔背科〕且教梅妃在夹幕中，暂躲片时罢。〔急下〕〔内侍笑科〕哎，万岁爷，万岁爷，笑黄金屋恁样藏娇，怕葡萄架霎时推倒。〔生上作伏桌科〕内侍，我着床傍枕佯推睡，你索把兽环开了。

〔内侍〕领旨。〔作开门科〕〔旦直入，见生科〕妾闻陛下圣体违和，特来问安。〔生〕寡人偶然不快，未及进宫。何劳妃子清晨到此。〔旦〕陛下致疾之由，妾倒猜着几分了。〔生笑科〕妃子猜着何事来？〔旦〕

【北出队子】多则是相思萦绕，为着个意中人把心病挑。〔生笑科〕寡人除了妃子，还有甚意中人？〔旦〕妾想陛下向来钟爱，无过梅精。何不宣召他来，以慰圣情牵挂。〔生惊科〕呀，此女久置楼东，岂有复召之理！〔旦〕只怕悄东君偷泄小梅梢，单只待望着梅来把渴消。〔生〕寡人那有此意！〔旦〕既不沙，怎得那一斛珍珠去慰寂寥！

〔生〕妃子休得多心。寡人昨夜呵，

【南滴溜子】偶只为微疴，暂思静悄。恁兰心蕙性，慢多度料，把人无端奚落。〔作欠伸科〕我神虚懒应酬，相逢话言少。请暂返香车，图个睡饱。

〔旦作看科〕呀，这御榻底下，不是一双凤舄么？〔生急起，作欲掩科〕在那里？〔怀中掉出翠钿科〕〔旦拾看科〕呀，又是一朵翠钿！此皆妇人之物，陛下既然独寝，怎得有此？〔生作羞科〕好奇怪！这是那里来的？连寡人也不解。〔旦〕陛下怎么不解？〔丑作急态，一面背对内侍低科〕呀，不好了，见了这翠钿、凤舄，杨娘娘必不干休。你每快送梅娘娘，悄从阁后破壁而出，回到楼东去罢。〔内侍〕晓得。〔从生背后虚下〕〔旦〕

【北刮地风】子这御榻森严宫禁遥，早难道有神女飞度中宵。则问这两般信物何人掉？〔作将舄、钿掷地，丑暗拾科〕〔旦〕昨夜谁侍陛下寝来？可怎生般凤友鸾交，到日三竿犹不临朝？外人不知呵，都只说殢君王是我这庸姿劣貌。那知道恋欢娱，别有个雨窟云巢！请陛下早出视朝，妾在此候驾回宫者。〔生〕寡人今日有疾，不能视朝。〔旦〕虽则是蝶梦余，鸳浪中，春情颠倒，困迷离精神难打熬，怎负他凤墀前鹄立群僚！

〔旦作向前背立科〕〔丑悄上与生耳语科〕梅娘娘已去了，万岁爷请出朝罢。〔生点头科〕妃子劝寡人视朝，只索勉强出去。高力士，你在此送娘娘回宫者。〔丑〕领旨。〔向内科〕摆驾！〔内应科〕〔生〕风流惹下风流苦，不是风流总不知。〔下〕〔旦坐科〕高力士，

你瞒着我做得好事！只问你这翠钿、凤舄，是那一个的？〔丑〕

【南滴滴金】告娘娘省可闲烦恼。奴婢看万岁爷与娘娘呵，百纵千随真是少。今日这翠钿、凤舄，莫说是梅亭旧日恩情好，就是六宫中新窈窕，娘娘呵，也只合佯装不晓，直恁破工夫多计较！不是奴婢擅敢多口，如今满朝臣宰，谁没有个大妻小妾，何况九重，容不得这宵！

【北四门子】〔旦〕呀，这非是衾裯不许他人抱，道的咱量似斗筲！只怪他明来夜去装圈套，故将人瞒的牢。〔丑〕万岁爷瞒着娘娘，也不过怕娘娘着恼，非有他意。〔旦〕把似怕我焦，则休将彼邀。却怎的劣云头只思别岫飘。将他假做抛，暗又招，转关儿心肠难料。

〔作掩泪坐科〕〔老旦上〕清早起来，不见了娘娘，一定在这翠阁中，不免进去咱。〔作进见旦科〕呀，娘娘呵！

【南鲍老催】为何泪抛，无言独坐神暗消？〔问丑科〕高公公，是谁触着他情性娇？〔丑低科〕不要说起。〔作暗出钿、舄与老旦看科〕只为见了这两件东西，故此发恼。〔老旦笑，低问科〕如今那人呢？〔丑〕早已去了。〔老旦〕万岁爷呢？〔丑〕出去御朝了。永新姐，你来得甚好，可劝娘娘回宫去罢。〔老旦〕晓得了。〔回向旦科〕娘娘，你慢将眉黛颦，啼痕渗，芳心恼。晨餐未进过清早，怎自将千金玉体轻伤了？请回宫去，寻欢笑。

〔内〕驾到。〔旦起立科〕〔生上〕媚处娇何限，情深妒亦真。且将个中意，慰取眼前人。寡人图得半夜欢娱，反受十分烦恼。欲待呵叱他一番，又恐他反道我偏爱梅妃，只索忍耐些罢。高力士，杨娘娘在那里？〔丑〕还在阁中。〔老旦、丑暗下〕〔生作见旦，旦背立不语掩泣科〕〔生〕呀，妃子，为何掩面不语？〔旦不应科，生笑科〕妃子休要烦恼，朕和你到华萼楼上看花去。〔旦〕

【北水仙子】问、问、问、问华萼娇，怕、怕、怕、怕不似楼东花更好。有、有、有、有梅枝儿曾占先春，又、又、又、又何用绿杨牵绕。〔生〕寡人一点真心，难道妃子还不晓得！〔旦〕请、请、请、请真心向故交，免、免、免、免人怨为妾情薄。〔跪科〕妾有下情，望陛下俯听。〔生扶科〕妃子有话，可起来说。〔旦泣科〕妾自知无状，谬窃宠恩。若不早自引退，诚恐谣诼日加，祸生不测。有累君德鲜终，益增罪戾。今幸天眷犹存，望赐斥放。陛下善视他人，勿以妾为念也。〔泣拜科〕拜、拜、拜、拜辞了往日君恩天样高。〔出钗、盒科〕这钗、盒是陛下定情时所赐，今日将来交还陛下。把、把、把、把深情蜜意从头缴。〔生〕这是怎么说？〔旦〕省、省、省、省可自承旧赐福难消。

〔旦悲咽，生扶起科〕妃子何出此言，朕和你两人呵！

【南双声子】情双好，情双好，纵百岁犹嫌少。怎说到，怎说到，平白地分开了？总朕错，总朕错，请莫恼，请莫恼。〔笑觑旦科〕见了你这颦眉泪眼，越样生娇。

妃子可将钗、盒依旧收好。既是不耐看花，朕和你到西宫闲话去。〔旦〕陛下诚不弃妾，妾复何言。〔袖钗、盒，福生科〕

【北尾煞】领取钗盒再收好，度芙蓉帐暖今宵，重把那定情时心事表。

〔生携旦并下〕〔丑复上〕万岁爷同娘娘进宫去了。咱如今且把这翠钿、凤舄，送还梅娘娘去。

柳色参差映翠楼，　　司马札
君王玉辇正淹留。　　钱　起
岂知妃后多娇妒，　　段成式
恼乱东风卒未休。　　罗　隐

第二十出　侦　报

〔外引末扮中军，四杂执刀棍上〕出守岩疆典钜城，风闻边事实堪惊。不知忧国心多少，白发新添四五茎。下官郭子仪，叨蒙圣恩，擢拜灵武太守。前在长安，见安禄山面有反相，知其包藏祸心。不想圣上命彼出镇范阳，分明纵虎归山。却又许易番将，一发添其牙爪。下官自天德军升任以来，日夜担忧。此间灵武，乃是股肱重地，防守宜严。已遣精细哨卒，前往范阳采听去了。且待他来，便知分晓。

【双调·夜行船】〔小生扮探子，执小红旗上〕两脚似星驰和电捷，把边情打听些些。急离燕山，早来灵武。〔作进见外，一足跪叩科〕向黄堂爆雷般唱一声高喏。

〔外〕探子，你回来了么？〔小生〕我肩挑令字小旗红，昼夜奔驰疾似风。探得边关多少事，从头来报主人公。〔外〕分付掩门。〔众掩门科下〕〔外〕探子，你探的安禄山军情怎地，兵势如何？近前来，细细说与我听者。〔小生〕爷爷听启：小哨一到了范阳镇上呵，

【乔木查】见枪刀似雪，密匝匝铁骑连营列。端的是号令如山把神鬼慑。那知有朝中天子尊，单逞他将军令阃外咋嗻。

〔外〕那禄山在边关，近日作何勾当？〔小生〕

【庆宣和】他自请那番将更来把那汉将撤，四下里牙爪排设。每日价跃马弯弓斗驰猎，把兵威耀也耀也！

〔外〕还有什以举动波？〔小生〕

【落梅花】他贼行藏真难料，歹心肠忒肆邪。诱诸番密相勾结，更私招四方亡命者，巢窟内尽藏凶孽。

〔外惊科〕呀，有这等事！难道朝廷之上，竟无人奏告么？〔小生〕闻得一月前，京中有人告称禄山反状，万岁爷暗遣中使，去到范阳，瞰其动静。那禄山见了中使呵，

【风入松】十分的小心礼貌假妆呆，尽金钱遍布盖奸邪。把一个中官哄骗的满心悦，来回奏把逆迹全遮。因此万岁爷愈信不疑，反把告叛的人，送到禄山军前治罪。一任他横行傲桀，有谁人敢再弄唇舌！

〔外叹介〕如此怎生是了也！〔小生〕前日杨丞相又上一本，说禄山叛迹昭然，请皇上亟加诛戮。那禄山见了此本呵，

【拨不断】也不免脚儿跌，口儿嗟，意儿中忐忑心儿里怯。不想圣旨倒说禄山诚实，丞相不必生疑。他一闻此信，便就呵呵大笑，骂这谗臣奈我耶，咬牙根誓将君侧权奸灭，怒轰轰急待把此仇来雪。

〔外〕呀，他要诛君侧之奸，非反而何？且住，杨相这本怎么不见邸抄？〔小生〕此是密本，原不发抄。只因杨丞相要激禄山速反，特着塘报抄送去的。〔外怒科〕唉，外有逆藩，内有奸相，好教人发指也！〔小生〕小哨还打听的禄山近有献马一事，更利害哩！

【离亭宴带歇拍煞】他本待逞豺狼魆地里思抄窃。巧借着献骅骝乘势去行强劫。〔外〕怎么献马？可明白说来者。〔小生〕他遣何千年赍表，奏称献马三千匹，每马一匹，有甲士二人，又有二人御马，一人刍牧，共三五一万五千人，护送入京。一路里兵强马劣，闹汹汹怎提防！乱纷纷难镇压，急攘攘谁拦截。生兵入帝畿，野马临城阙，怕不把长安来闹者。〔外惊科〕唉，罢了，此计若行，西京危矣！〔小生〕这本方才进去，尚未取旨。只是禄山呵，他明把至尊欺，狡将奸计使，险备机关设。马蹄儿纵不行，狼性子终难帖，逗的鼙鼓向渔阳动也，爷爷呵，莫待传白羽始安排。小哨呵，准备闪红旗再报捷。

〔外〕知道了。赏你一坛酒，一腔羊，五十两花银，免一月打差。去罢。〔小生叩头科〕谢爷。〔外〕叫左右：开门。〔众应上，作开门科〕〔小生下〕〔外〕中军官。〔末应介〕〔外〕传令众军士，明日教场操演，准备酒席犒赏。〔末〕领钧旨。〔先下〕

〔外〕数骑渔阳探使回， 杜 牧
威雄八阵役风雷。 刘禹锡
胸中别有安边计， 曹 唐
军令分明数举杯。 杜 甫

第二十一出　窥　浴

【仙吕入双调·字字双】〔丑扮宫女上〕自小生来貌天然，花面；宫娥队里我为先，扫殿。忽逢小监在阶前，胡缠；伸手摸他裤儿边，不见。

我做宫娥第一，标致无人能及。腮边花粉糊涂，嘴上胭脂狼藉。秋波俏似铜铃，弓眉弯得笔直。春纤十个擂槌，玉体浑身糙漆。柳腰松段十围，莲瓣滩船半只。杨娘娘爱我伶俐，选做《霓裳》部色。只因喉咙太响，歌时嘴边起个霹雳。身子又太狼伉，舞去冲翻了御筵桌席。皇帝见了发恼，打落子弟名籍。登时发到骊山，派到温泉殿中承值。昨日銮舆临幸，同杨娘娘在华清驻跸。传旨要来共浴汤池，只索打扫铺陈收拾。道犹未了，那边一个宫人来也。

【雁儿舞】〔副净扮宫女上〕担阁青春，后宫怨女，漫跌脚捶胸，有谁知苦。拼着一世没有丈夫，做一只孤飞雁儿舞。

〔见介〕〔丑〕姐姐，你说什么《雁儿》舞！如今万岁爷，有了杨娘娘的《霓裳》舞，连梅娘娘的《惊鸿》舞，也都不爱了。〔副净〕便是。我原是梅娘娘的宫人。只为我娘娘，自翠阁中忍气回来，一病而亡，如今将我拨到这里。〔丑〕原来如此，杨娘娘十分妒忌，我每再休想有承幸之日。〔副净〕罢了。〔丑〕万岁爷将次到来，我和你且到外厢伺候去。〔虚下〕〔末、小生扮内侍，引生、旦、老旦、贴随行上〕

【羽调近词·四季花】别殿景幽奇：看雕梁畔，珠帘外，雨卷云飞。逶迤，朱阑儿曲环画溪，修廊数层接翠微。绕红墙，通玉扉。〔末、小生〕启万岁爷：到温泉殿了。〔生〕内侍回避。〔末、小生应下〕〔生〕妃子，你看清渠屈注，洄澜皱漪，香泉柔滑宜素肌。朕同妃子试浴去来。〔老、贴与生、旦脱去大衣介〕〔生〕妃子，只见你款解云衣，早现出珠辉玉丽，不由我对你爱你，扶你觑你怜你！

〔生携旦同下〕〔老旦〕念奴姐，你看万岁爷与娘娘恁般恩爱，真令人羡杀也！〔贴〕便是。〔老旦〕

【凤钗花络索】【金凤钗】花朝拥，月夜偎，尝尽温柔滋味。【胜如花】〔贴合〕镇相连似影追形，分不开如刀划水。【醉扶归】千般纵百般随，两人合一副肠和胃。【梧叶儿】密意口难提，写不迭鸳鸯帐，绸缪无尽期。〔老旦〕

姐姐，我与你伏侍娘娘多年，虽睹娇容，未窥玉体。今日试从绮疏隙处，偷觑一觑何如?〔贴〕恰好，〔同作向内窥介〕【水红花】〔合〕悄偷窥，亭亭玉体，宛似浮波菡萏，含露弄娇辉。【浣溪纱】轻盈臂腕消香腻，绰约腰身漾碧漪。【望吾乡】〔老旦〕明霞骨，沁雪肌。【大胜乐】〔贴〕一痕酥透双蓓蕾，〔老旦〕半点春藏小麝脐。【傍妆台】〔贴〕爱杀红巾罅，私处露微微。永新姐，你看万岁爷呵，【解三醒】凝睛睇，【八声甘州】恁孜孜含笑，浑似呆痴。【一封书】〔合〕休说俺偷眼宫娥魂欲化，则他个见惯的君王也不自持。【皂罗袍】〔老旦〕恨不把春泉翻竭，〔贴〕恨不把玉山洗颓，〔老旦〕不住的香肩呜嘬，〔贴〕不住的纤腰抱围，【黄莺儿】〔老旦〕俺娘娘无言匿笑含情对。〔贴〕意怡怡，【月儿高】灵液春风，淡荡恍如醉。【排歌】〔老旦〕波光暖，日影晖，一双龙戏出平池。【桂枝香】〔合〕险把个襄王渴倒阳台下，恰便似神女携将暮雨归。

〔丑、副净暗上笑介〕两位姐姐，看得高兴啊，也等我每看看。〔老旦、贴〕姐姐，我每伺候娘娘洗浴，有甚高兴！〔丑、副净笑介〕只怕不是伺候娘娘，还在那里偷看万岁爷哩！〔老旦、贴〕啐！休得胡说，万岁爷同娘娘出来也。〔丑、副净暗下〕〔生同旦上〕

【二犯掉角儿】【掉角儿】出温泉新凉透体，睹玉容愈增光丽。最堪怜残妆乱头，翠痕干晚云生腻。〔老旦、贴与生、旦穿衣介〕〔旦作娇软态，老旦、贴扶介〕〔生〕妃子，看你似柳含风，花怯露。软难支，娇无力，倩人扶起。〔二内侍引杂推小车上〕请万岁爷娘娘上如意小车，回华清宫去。〔生〕将车儿后面随着。〔二内侍〕领旨。〔生携旦行介〕妃子，【排歌】朕和你肩相并，手共携，不须花底小车催，【东瓯令】趁扑面好风归。

【尾声】〔合〕意中人，人中意，则那些无情花鸟也情痴，一般的解结双头学并栖。

〔生〕花气浑如百和香，　　杜　甫
〔旦〕避风新出浴盆汤；　　王　建
〔生〕侍儿扶起娇无力，　　白居易
〔旦〕笑倚东窗白玉床。　　李　白

第二十二出　密　誓

【越调引子·浪淘沙】〔贴扮织女，引二仙女上〕云护玉梭儿，巧织机丝。天宫原不着相思，报道今宵逢七夕，忽忆年时。

【鹊桥仙】纤云弄巧，飞星传信，银汉秋光暗度。金风玉露一相逢，便胜却人间无数。柔肠似水，佳期如梦，遥指鹊桥前路。两情若是久长时，又岂在朝朝暮暮。吾乃织女是也。蒙上帝玉敕，与牛郎结为天上夫妇。年年七夕，渡河相见。今乃下界天宝十载，七月七夕。你看明河无浪，乌鹊将填，不免暂撇机丝，整妆而待。〔内细乐扮乌鹊上，绕场飞介〕〔前场设一桥，乌鹊飞止桥两边介〕〔二仙女〕鹊桥已驾，请娘娘渡河。〔贴起行介〕

【越调过曲·山桃红】【下山虎头】俺这里乍抛锦字，暂驾香辎。〔合〕趁碧落无云滓，新凉暮飔，〔作上桥介〕踩上这桥影参差，俯映着河光净泚。【小桃红】更喜杀新月纤，华露滋，低绕着乌鹊双飞翅也，【下山虎尾】陡觉的银汉秋生别样姿。〔做过桥介〕〔二仙女〕启娘娘：已渡过河来了。〔贴〕星河之下，隐隐望见香烟一簇，摇扬腾空，却是何处？〔仙女〕是唐天子的贵妃杨玉环，在宫中乞巧哩！〔贴〕生受他一片诚心，不免同了牛郎，到彼一看。〔合〕天上留佳会，年年在斯，却笑他人世情缘顷刻时。〔齐下〕

【商调过曲·二郎神】〔二内侍挑灯，引生上〕秋光静，碧沉沉轻烟送暝。雨过梧桐微做冷，银河宛转，纤云点缀双星。〔内作笑声，生听介〕顺着风儿还细听，欢笑隔花阴树影。内侍，是那里这般笑语？〔内侍问介〕万岁爷问，那里这般笑语？〔内〕是杨娘娘到长生殿去乞巧哩！〔内侍回介〕杨娘娘到长生殿去乞巧，故此笑语。〔生〕内侍每不要传报，待朕悄悄前去。撤红灯，待悄向龙墀觑个分明。〔虚下〕

【前腔换头】〔旦引老旦、贴同二宫女各捧香盒、纨扇、瓶花、化生金盆上〕宫庭，金炉篆霭，烛光掩映。米大蜘蛛厮抱定，金盘种豆，花枝招飐银瓶。〔老旦、贴〕已到长生殿中，巧筵齐备，请娘娘拈香。〔作将瓶花、化生盆设桌上，老旦捧香盒，旦拈香介〕妾身杨玉环，虔爇心香，拜告双星，伏祈鉴佑。愿钗盒情缘长久订，〔拜介〕莫使做秋风扇冷。〔生潜上窥介〕觑娉婷，只见他拜倒在瑶阶暗祝声声。

〔老旦、贴作见生介〕呀，万岁爷到了。〔旦急转，拜生介〕〔生扶起介〕妃子在此，作何勾当？〔旦〕今乃七夕之期，陈设瓜果，特向天孙乞巧。〔生笑介〕妃子巧夺天工，何须更乞。〔旦〕惶愧。〔生、旦各坐介〕〔老旦、贴同二宫女暗下〕〔生〕妃子，朕想牵牛、织女隔断银河，一年才会得一度，这相思真非容易也。

【集贤宾】秋空夜永碧汉清，甫灵驾逢迎，奈天赐佳期刚半顷，耳边厢容易鸡鸣。云寒露冷，又趱上经年孤另。〔旦〕陛下言及双星别恨，使妾凄然。只可惜人间不知天上的事。如打听，决为了相思成病。

〔做泪介〕〔生〕呀，妃子为何掉下泪来？〔旦〕妾想牛郎织女，虽则一年一见，却是地久天长。只恐陛下与妾的恩情，不能够似他长远。〔生〕妃子说那里话！

【黄莺儿】仙偶纵长生，论尘缘也不恁争。百年好占风流胜，逢时对景，增欢助情，怪伊底事反悲哽？〔移坐近旦低介〕问双星，朝朝暮暮，争似我和卿！

〔旦〕臣妾受恩深重，今夜有句话儿……〔住介〕〔生〕妃子有话，但说不妨。〔旦对生呜咽介〕妾蒙陛下宠眷，六宫无比。只怕日久恩疏，不免白头之叹！

【莺簇一金罗】【黄莺儿】提起便心疼，念寒微侍掖庭，更衣傍辇多荣幸。【簇御林】瞬息间，怕花老春无剩，【一封书】宠难凭。〔牵生衣泣介〕论恩情，【金凤钗】若得一个久长时，死也应；若得一个到头时，死也瞑。【皂罗袍】抵多少平阳歌舞，恩移爱更！长门孤寂，魂销泪零，断肠枉泣红颜命！

〔生举袖与旦拭泪介〕妃子，休要伤感。朕与你的恩情，岂是等闲可比。

【簇御林】休心虑，免泪零，怕移时，有变更。〔执旦手介〕做酥儿拌蜜胶粘定，总不离须臾顷。〔合〕话绵藤，花迷月暗，分不得影和形。

〔旦〕既蒙陛下如此情浓，趁此双星之下，乞赐盟约，以坚终始。〔生〕朕和你焚香设誓去。〔携旦行介〕

【琥珀猫儿坠】〔合〕香肩斜靠，携手下阶行。一片明河当殿横，〔旦〕罗衣陡觉夜凉生。〔生〕惟应和你悄语低言，海誓山盟。

〔生上香揖同旦福介〕双星在上，我李隆基与杨玉环，〔旦合〕情重恩深，愿世世生生，共为夫妇，永不相离。有渝此盟，双星鉴之。〔生又揖介〕在天愿为比翼鸟，〔旦拜介〕

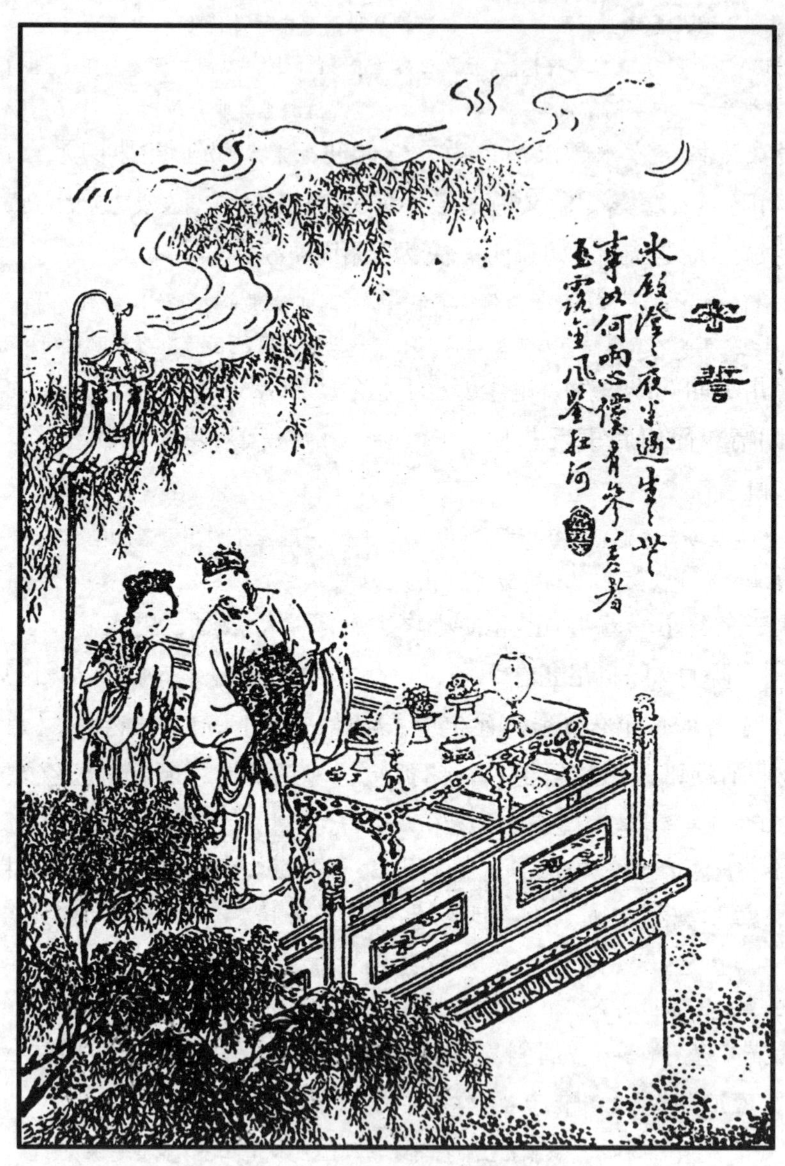
密誓

在地愿为连理枝。〔合〕天长地久有时尽，此誓绵绵无绝期。〔旦拜谢生介〕深感陛下情重，今夕之盟，妾死生守之矣。〔生携旦介〕

【尾声】长生殿里盟私订。〔旦〕问今夜有谁折证？〔生指介〕是这银汉桥边双双牛女星。〔同下〕

【越调过曲·山桃红】〔小生扮牵牛，云巾、仙衣，同贴引仙女上〕只见他誓盟密矢，拜祷孜孜，两下情无二，口同一辞。〔小生〕天孙，你看唐天子与杨玉环，好不恩爱也！悄相偎，倚着香肩，没些缝儿。我与你既缔天上良缘，当作情场管领。况他又向我等设盟，须索与他保护。见了他恋比翼，慕并枝，愿生生世世情真至也，合令他长作人间风月司。〔贴〕只是他两人劫难将至，免不得生离死别。若果后来不背今盟，决当为之绾合。〔小生〕天孙言之有理。你看夜色将阑，且回斗牛宫去。〔携贴行介〕〔合〕天上留佳会，年年在斯，却笑他人世情缘顷刻时！

何用人间岁月催，　　罗　邺
星桥横过鹊飞回。　　李商隐
莫言天上稀相见，　　李　郢
没得心情送巧来。　　罗　隐

第二十三出　陷　关

【越调引子 · 杏花天】〔净领二番将，四军执旗上〕狼贪虎视威风大，镇渔阳兵雄将多。待长驱直把殽函破，奏凯日齐声唱歌。

咱家安禄山，自出镇以来，结连塞上诸蕃，招纳天下亡命，精兵百万，大事可举。只因唐天子待我不薄，思量等他身后方才起兵。叵耐杨国忠那厮，屡次说我反形大著，请皇上急加诛戮。天子虽然不听，只是咱在边关，他在朝内，若不早图，终恐遭其暗算。因此假造敕书，说奉密旨，召俺领兵入朝诛戮国忠。乘机打破西京，夺取唐室江山，可不遂了我平生大愿！今乃黄道吉日，蕃将每，就此起兵前去。〔众〕得令。〔发号行介〕〔净〕

【越调过曲·豹子令】只为奸臣酿大祸，〔众〕酿大祸，〔净〕致令边镇起干戈，〔众〕起干戈。〔合〕逢城攻打逢人剁，尸横遍野血流河，烧家劫舍抢娇娥。〔喊杀下〕

【水底鱼】〔丑白须扮哥舒老将引二卒上〕年纪无多，刚刚八十过。渔阳兵至，认咱这老哥。自家老将哥舒翰是也，把守潼关。不料安禄山造反，杀奔前来，决意闭关死守。争奈监军内侍，立逼出战。势不由己，军士每，与我并力杀上前去。〔卒〕得令。〔行介〕〔净领众杀上〕〔丑迎杀大战介〕〔净众擒丑绑介〕〔净〕拿这老东西过来。我今饶你老命，快快献关降顺！〔丑〕事已至此，只得投降。〔众推丑下〕〔净〕且喜潼关已得，势如破竹，大小三军，就此杀奔西京便了。〔众应，呐喊行介〕跃马挥戈，精兵百万多。靴尖略动，踏残山与河，踏残山与河。

平旦交锋晚未休，　王　道
动天金鼓逼神州。　韩　偓
潼关一败番儿喜，　司空图
倒把金鞭上酒楼。　薛　逢

第二十四出　惊　变

〔丑上〕玉楼天半起笙歌，风送宫嫔笑语和。月殿影开闻夜漏，水晶帘卷近秋河。咱家高力士，奉万岁爷之命，着咱在御花园中安排小宴。要与贵妃娘娘同来游赏，只得在此伺候。〔生、旦乘辇，老旦、贴随后，二内侍引，行上〕

【北中吕·粉蝶儿】天淡云闲，列长空数行新雁。御园中秋色斓斑：柳添黄，蘋减绿，红莲脱瓣。一抹雕阑，喷清香桂花初绽。

〔到介〕〔丑〕请万岁爷、娘娘下辇。〔生、旦下辇介〕〔丑同内侍暗下〕〔生〕妃子，朕与你散步一回者。〔旦〕陛下请。〔生携旦手介〕〔旦〕

【南泣颜回】携手向花间，暂把幽怀同散。凉生亭下，风荷映水翩翻。爱桐阴静悄，碧沉沉并绕回廊看。恋香巢秋燕依人，睡银塘鸳鸯蘸眼。

〔生〕高力士，将酒过来，朕与娘娘小饮数杯。〔丑〕宴已排在亭上，请万岁爷、娘娘上宴。〔旦作把盏，生止住介〕妃子坐了。

【北石榴花】不劳你玉纤纤高捧礼仪烦，子待借小饮对眉山。俺与你浅斟低唱互更番，三杯两盏，遣兴消闲。妃子，今日虽是小宴，倒也清雅。回避了御厨中，回避了御厨中烹龙炰凤堆盘案，咿咿哑哑乐声催攒。只几味脆生生，只几味脆生生蔬和果清肴馔，雅称你仙肌玉骨美人餐。

妃子，朕与你清游小饮，那些梨园旧曲，都不耐烦听他。记得那年在沉香亭上赏牡丹，召翰林李白草《清平调》三章，令李龟年度成新谱，其词甚佳。不知妃子还记得么？〔旦〕妾还记得。〔生〕妃子可为朕歌之，朕当亲倚玉笛以和。〔旦〕领旨。〔老旦进玉笛，生吹介〕〔旦按板介〕

【南泣颜回】〔换头〕花繁，秾艳想容颜。云想衣裳光璨，新妆谁似，可怜飞燕娇懒。名花国色，笑微微常得君王看。向春风解释春愁，沉香亭同倚阑干。

〔生〕妙哉！李白锦心，妃子绣口，真双绝矣！宫娥，取巨觞来，朕与妃子对饮。〔老旦、贴送酒介〕〔生〕

【北斗鹌鹑】畅好是喜孜孜驻拍停歌，喜孜孜驻拍停歌，笑吟吟传杯送盏。妃子干一杯，〔作照干介〕不须他絮烦烦射覆藏钩，闹纷纷弹丝弄板。〔又作照杯介〕妃子，再干一杯。〔旦〕妾不能饮了。〔生〕宫娥每，跪劝。〔老旦、贴〕领旨。〔跪旦介〕娘娘，请上这一杯。〔旦勉饮介〕〔老旦、贴作连劝介〕〔生〕我这里无语持觞仔细看，早只见花一朵上腮间。〔旦作醉介〕妾真醉矣。〔生〕一会价软哈哈柳亸花欹，软哈哈柳亸花欹，困腾腾莺娇燕懒。

妃子醉了，宫娥每，扶娘娘上辇进宫去者。〔老旦、贴〕领旨。〔作扶旦起介〕〔旦作醉态呼介〕万岁！〔老旦、贴扶旦行〕〔旦作醉态介〕

【南扑灯蛾】态恹恹轻云软四肢，影濛濛空花乱双眼，娇怯怯柳腰扶难起，困沉沉强抬娇腕，软设设金莲倒褪，乱松松香肩亸云鬟，美甘甘思寻凤枕，步迟迟，倩宫娥搀入绣帏间。

〔老旦、贴扶旦下〕〔丑同内侍暗上〕〔内击鼓介〕〔生惊介〕何处鼓声骤发？〔副净急上〕渔阳鼙鼓动地来，惊破《霓裳羽衣》曲。〔问丑介〕万岁爷在那里？〔丑〕在御花园内。〔副净〕军情紧急，不免径入。〔进见介〕陛下，不好了！安禄山起兵造反，杀过潼关，不日就到长安了。〔生大惊介〕守关将士何在？〔副净〕哥舒翰兵败，已降贼了。〔生〕

【北上小楼】呀，你道失机的哥舒翰，称兵的安禄山，赤紧的离了渔阳，陷了东京，破了潼关。唬得人胆战心摇，唬得人胆战心摇，肠慌腹热，魂飞魄散，早惊破月明花粲。

卿有何策，可退贼兵？〔副净〕当日臣曾再三启奏，禄山必反，陛下不听，今日果应臣言。事起仓卒，怎生抵敌？不若权时幸蜀，以待天下勤王。〔生〕依卿所奏。快传旨，诸王百官，即时随驾幸蜀便了。〔副净〕领旨。〔急下〕〔生〕高力士，快些整备军马。传旨令右龙武将军陈元礼，统领羽林军士三千扈驾前行。〔丑〕领旨。〔下〕〔内侍〕请万岁爷回宫。〔生转行叹介〕唉，正尔欢娱，不想忽有此变，怎生是了也！

【南扑灯蛾】稳稳的宫庭宴安，扰扰的边廷造反。咚咚的鼙鼓喧，腾腾的烽火黫。的溜扑碌臣民儿逃散，黑漫漫乾坤覆翻，磣磕磕社稷摧残，磣磕磕社稷摧残。当不得萧萧飒飒西风送晚，黯黯的、一轮落日冷长安。

〔向内问介〕宫娥每，杨娘娘可曾安寝？〔老旦、贴内应介〕已睡熟了。〔生〕不要惊他，且待明早五鼓同行。〔泣介〕天那，寡人不幸，遭此播迁，累他玉貌花容，驱驰道路。好不痛心也！

【南尾声】在深宫兀自娇慵惯，怎样支吾蜀道难！〔哭介〕我那妃子啊，愁杀你玉软花柔要将途路趱。

宫殿参差落照间，　　卢　纶
渔阳烽火照函关。　　吴　融
遏云声绝悲风起，　　胡　曾
何处黄云是陇山。　　武元衡

第二十五出　埋　玉

【南吕过曲·金钱花】〔末扮陈元礼引军士上〕拥旄仗钺前驱，前驱；羽林拥卫銮舆，銮舆。匆匆避贼就征途。人跋涉，路崎岖。知何日，到成都。

下官右龙武将军陈元礼是也。因禄山造反，破了潼关。圣上避兵幸蜀，命俺统领禁军扈驾。行了一程，早到马嵬驿了。〔内鼓噪介〕〔末〕众军为何呐喊？〔内〕禄山造反，圣驾播迁，都是杨国忠弄权，激成变乱。若不斩此贼臣，我等死不扈驾。〔末〕众军不必鼓噪，暂且安营。待我奏过圣上，自有定夺。〔内应介〕〔末引军重唱"人跋涉"四句下〕〔生同旦骑马，引老旦、贴、丑行上〕

【中吕过曲·粉孩儿】匆匆的弃宫闱珠泪洒，叹清清冷冷半张銮驾，望成都直在天一涯。渐行来渐远京华，五六搭剩水残山，两三间空舍崩瓦。

〔丑〕来此已是马嵬驿了，请万岁爷暂住銮驾。〔生、旦下马，作进坐介〕〔生〕寡人不道，误宠逆臣，致此播迁，悔之无及。妃子，只是累你劳顿，如之奈何！〔旦〕臣妾自应随驾，焉敢辞劳。只愿早早破贼，大驾还都便好。〔内又喊介〕杨国忠专权误国，今又交通吐蕃，我等誓不与此贼俱生。要杀杨国忠的，快随我等前去！〔杂扮四军提刀赶副净上，绕场奔介〕〔军作杀副净，呐喊下〕〔生惊介〕高力士，外面为何喧嚷？快宣陈元礼进来。〔丑〕领旨。〔宣介〕〔末上见介〕臣陈元礼见驾。〔生〕众军为何呐喊？〔末〕臣启陛下：杨国忠专权召乱，又与吐蕃私通。激怒六军，竟将国忠杀死了。〔生作惊介〕呀，有这等事！〔旦作背掩泪介〕〔生沉吟介〕这也罢了，传旨起驾。〔末出传旨介〕圣旨道来，赦汝等擅杀之罪。作速起行。〔内又喊介〕国忠虽诛，贵妃尚在。不杀贵妃，誓不扈驾！〔末见生介〕众军道，国忠虽诛，贵妃尚在，不肯起行。望陛下割恩正法。〔生作大惊介〕哎呀，这话如何说起！〔旦慌牵生衣介〕〔生〕将军，

【红芍药】国忠纵有罪当加，现如今已被劫杀。妃子在深宫自随驾，有何干六军疑讶？〔末〕圣谕极明，只是军心已变，如之奈何！〔生〕卿家，作速晓谕他，恁狂言没些高下。〔内又喊介〕〔末〕陛下呵，听军中恁地喧哗，教微臣怎生弹压！

〔旦哭介〕陛下啊，

【耍孩儿】事出非常堪惊诧。已痛兄遭戮，奈臣妾又受波查。是前生，

事已定薄命应折罚。望吾皇急切抛奴罢，只一句伤心话。

〔生〕妃子且自消停。〔内又喊介〕不杀贵妃，死不扈驾！〔末〕臣启陛下：贵妃虽则无罪，国忠实其亲兄，今在陛下左右，军心不安。若军心安，则陛下安矣。愿乞三思。〔生沉吟介〕

【会河阳】无语沉吟，意如乱麻。〔旦牵生衣哭介〕痛生生怎地舍官家！〔合〕可怜一对鸳鸯，风吹浪打，直恁的遭强霸！〔内又喊介〕〔旦哭介〕众军，逼得我心惊唬，〔生作呆想，忽抱旦哭介〕贵妃，好教我难禁架！

〔众军呐喊上，绕场、围驿下〕〔丑〕万岁爷，外厢军士已把驿亭围了。若再迟延，恐有他变，怎么处？〔生〕陈元礼，你快去安抚三军，朕自有道理！〔末〕领旨。〔下〕〔生、旦抱哭介〕〔旦〕

【缕缕金】魂飞颤，泪交加。〔生〕堂堂天子贵，不及莫愁家。〔合哭介〕难道把恩和义，霎时抛下！〔旦跪介〕臣妾受皇上深恩，杀身难报。今事势危急，望赐自尽，以定军心。陛下得安稳至蜀，妾虽死犹生也。算将来无计解军哗，残生愿甘罢，残生愿甘罢！

〔哭倒生怀介〕〔生〕妃子说那里话！你若捐生，朕虽有九重之尊，四海之富，要他则甚！宁可国破家亡，决不肯抛舍你也！

【摊破地锦花】任谨哗，我一谜妆聋哑，总是朕差。现放着一朵娇花，怎忍见风雨摧残，断送天涯！若是再禁加，拚代你陨黄沙。

〔旦〕陛下虽则恩深，但事已至此，无路求生。若再留恋，倘玉石俱焚，益增妾罪。望陛下舍妾之身，以保宗社。〔丑作掩泪，跪介〕娘娘既慷慨捐生，望万岁爷以社稷为重，勉强割恩罢。〔内又喊介〕〔生顿足哭介〕罢罢，妃子既执意如此，朕也做不得主了。高力士，只得但、但凭娘娘罢！〔作硬咽、掩面哭下〕〔旦朝上拜介〕万岁！〔作哭倒介〕〔丑向内介〕众军听着，万岁爷已有旨，赐杨娘娘自尽了。〔众内呼介〕万岁，万岁，万万岁！〔丑扶旦起介〕娘娘，请到后边去。〔扶旦行介〕〔旦哭介〕

【哭相思】百年离别在须臾，一代红颜为君尽！

〔转作到介〕〔丑〕这里有座佛堂在此。〔旦作进介〕且住，待我礼拜佛爷。〔拜介〕佛爷，佛爷！念杨玉环啊，

【越恁好】罪孽深重，罪孽深重，望我佛度脱咱。〔丑拜介〕愿娘娘好处生天。〔旦起哭介〕〔丑跪哭介〕娘娘，有甚话儿，分付奴婢几句。〔旦〕高力士，圣上春秋已高，

埋玉
繞帳清光促遠
塵有江山傾美
人無彩雲一去
消何處臨秋
猶聞萬歲呼

我死之后，只有你是旧人，能体圣意，须索小心奉侍。再为我转奏圣上，今后休要念我了。〔丑哭应介〕奴婢晓得。〔旦〕高力士，我还有一言。〔作除钗、出盒介〕这金钗一对，钿盒一枚，是圣上定情所赐。你可将来与我殉葬，万万不可遗忘。〔丑接钗盒介〕奴婢晓得。〔旦哭介〕断肠痛杀，说不尽恨如麻。〔末领军拥上〕杨妃既奉旨赐死，何得停留，稽迟圣驾。〔军呐喊介〕〔丑向前拦介〕众军士不得近前，杨娘娘即刻归天了。〔旦〕唉，陈元礼，陈元礼，你兵威不向逆寇加，逼奴自杀。〔军又喊介〕〔丑〕不好了，军士每拥进来了。〔旦看介〕唉，罢、罢，这一株梨树，是我杨玉环结果之处了。〔作腰间解出白练，拜介〕臣妾杨玉环，叩谢圣恩。从今再不得相见了。〔丑泣介〕〔旦作哭缢介〕我那圣上啊，我一命儿便死在黄泉下，一灵儿只傍着黄旗下。

〔做缢死下〕〔末〕杨妃已死，众军速退。〔众应同下〕〔丑哭介〕我那娘娘啊！〔下〕〔生上〕六军不发无奈何，宛转蛾眉马前死。〔丑持白练上，见生介〕启万岁爷：杨娘娘归天了。〔生作呆不应介〕〔丑又启介〕杨娘娘归天了。自缢的白练在此。〔生看大哭介〕哎哟，妃子，妃子，兀的不痛杀寡人也！〔倒介〕〔丑扶介〕〔生哭介〕

【红绣鞋】当年貌比桃花，桃花；〔丑〕今朝命绝梨花，梨花。〔出钗盒介〕这金钗、钿盒，是娘娘分付殉葬的。〔生看钗盒哭介〕这钗和盒，是祸根芽。长生殿，恁欢洽；马嵬驿，恁收煞！

〔丑〕仓卒之间，怎生整备棺椁？〔生〕也罢，权将锦褥包裹。须要埋好记明，以待日后改葬。这钗盒就系娘娘衣上罢。〔丑〕领旨。〔下〕〔生哭介〕

【尾声】温香艳玉须臾化，今世今生怎见他！〔末上跪介〕请陛下起驾。〔生顿足恨介〕咳，我便不去西川也值甚么！〔内呐喊、掌号，众军上〕

【仙吕入双调过曲·朝元令】〔丑暗上，引生上马行介〕〔合〕长空雾黏，旌旆寒风飐。长征路淹，队仗黄尘染。谁料君臣，共尝危险。恨贼寇横兴逆焰，烽火相兼，何时得将豺虎歼！遥望蜀山尖，回将凤阙瞻，浮云数点，咫尺把长安遮掩，长安遮掩。

翠华西拂蜀云飞，　章　碣
天地尘昏九鼎危。　吴　融
蝉鬓不随銮驾起，　高　骈
空惊鸳鹭忽相随。　钱　起

第二十六出　献　饭

【黄钟引子·西地锦】〔生引丑上〕懊恨蛾眉轻丧，一宵千种悲伤。早来慵把金鞭扬，午余玉粒谁尝！

寡人匆匆西幸，昨在马嵬驿中，六军不发。无计可施，只得把妃子赐死。〔泪介〕咳，空做一朝天子，竟成千古忍人。勉强行了一程，已到扶风地面。驻跸凤仪宫内，不免少息片时。〔外扮老人持麦饭上〕炙背可以见天子，献芹由来知野人。老汉扶风野老郭从谨是也。闻知皇上西巡，暂驻凤仪宫内。老汉煮得一碗麦饭，特来进献，以表一点敬心。〔见丑介〕公公，烦乞转奏一声，说野人郭从谨特来进饭。〔丑传介〕〔生〕召他进来。〔外进见介〕草莽小臣郭从谨见驾。〔生〕你是那里人？〔外〕念小臣啊，

【黄钟过曲·降黄龙】生长扶风，白首躬耕，共庆时康。听蓦然变起，凤辇游巡，无限惊惶。聊将一盂麦饭，匍匐向旗门陈上。愿吾君不嫌粗粝，野人供养。

〔生〕生受你了，高力士取上来。〔丑接饭送生介〕〔生看介〕寡人晏处深宫，从不曾尝着此味。

【前腔换头】寻常，进御大官，馔玉炊金，食前方丈，珍羞百味，犹兀自嫌他调和无当。〔泪介〕不想今日，却将此物充饥。凄凉，带麸连麦，这饭儿如何入嗓？〔略吃便放介〕抵多少滹沱河畔，失路萧王！

〔外〕陛下，今日之祸，可知为谁而起？〔生〕你道为着谁来？〔外〕陛下若赦臣无罪，臣当冒死直言。〔生〕但说不妨。〔外〕只为那杨国忠呵，

【前腔换头】猖狂，倚恃国亲，纳贿招权，毒流天壤。他与安禄山，十年构衅，一旦里兵戈起自渔阳。〔生〕国忠构衅，禄山谋反，寡人那里知道？〔外〕那禄山呵，包藏祸心日久，四海都知逆状。去年有人上书，告禄山逆迹，陛下反赐诛戮。谁肯再甘心铁钺，来奏君王！

〔生作恨介〕此乃朕之不明，以致于此。

【前腔换头】斟量，明目达聪，原是为君的理当察访。朕记得姚崇、宋璟为相的时节，把直言数进，万里民情，如在同堂。不料姚、宋亡后，满朝臣宰，一

味贪位取容。郭从谨啊，倒不如伊行，草野怀忠，直指出逆藩奸相。〔外〕若不是陛下巡幸到此，小臣那里得见天颜。〔生泪介〕空教我噬脐无及，恨塞饥肠。

〔外〕陛下暂息龙体，小臣告退。〔叹介〕从饶白发千茎雪，难把丹心一寸灰。〔下〕

〔副净扮使臣、二杂抬彩上〕

【太平令】鸟道羊肠，春彩驮来驿路长。连山铃铎频摇响，看日近帝都旁。

自家成都道使臣，奉节度使之命，解送春彩十万匹到京。闻得驾幸扶风，不免就此进上。〔向丑介〕烦乞启奏一声，说成都使臣，贡春彩到此。〔丑进奏介〕〔生〕春彩照数收明，打发使臣回去。〔二杂抬彩进介〕〔副净同二杂下〕〔生〕高力士，可召集将士，朕有面谕。〔丑〕万岁爷宣召龙武军将士听旨。〔众扮将士上〕晓起听金鼓，宵眠抱玉鞍。龙武军将士叩见万岁爷！〔生〕将士每，听朕道来：

【前腔】变出非常，远避兵戈涉异方。劳伊仓卒随行仗，今日呵，别有个好商量。

〔众〕不知万岁爷有何谕旨？〔生〕

【黄龙衮】征人忆故乡，征人忆故乡，蜀道如天上。不忍累伊每，把妻儿父母轻撇漾。朕待独与子孙中官，慢慢的捱到蜀中。尔等今日，便可各自还家。省得跋涉程途，饥寒劳攘。高力士，可将使臣进来春彩，分给将士，以为盘费。没军资，分彩币，聊充饷。

〔丑应分彩介〕〔众哭介〕万岁爷圣谕及此，臣等寸心如割。自古养军千日，用在一朝。臣等呵，

【前腔】无能灭虎狼，无能灭虎狼，空愧熊罴将。生死愿从行，军声齐恃天威壮。这春彩，臣等断不敢受。请留待他时论功行赏，若有违心，皇天鉴，决不爽。

〔生〕尔等忠义虽深，朕心实有不忍，还是回去罢。〔众〕呀，万岁爷，莫不因贵妃娘娘之死，有些疑惑么？〔生〕非也，

【尾声】他长安父老多悬望，你每回去呵，烦说与翠华无恙。〔众〕万岁爷休出此言，臣等情愿随驾，誓无二心。〔合〕只待净扫妖氛一同返帝乡。

〔生〕天色已晚，今夜就此权驻。明日早行便了。〔众〕领旨。

万里飞沙咽鼓鼙，　钱　起
〔丑〕沉沉落日向山低。　骆宾王
〔生〕如今悔恨将何益，　韦　庄
〔丑〕更忍车轮独向西？　周　昙

第二十七出　冥　追

【南商调过曲·山坡五更】【山坡羊】〔魂旦白练系颈上，服色照前《埋玉》折〕恶噷噷一场喽罗，乱匆匆一生结果。荡悠悠一缕断魂，痛察察一条白练香喉锁。【五更转】风光尽，信誓捐，形骸涴。只有痴情一点、一点无摧挫，拼向黄泉，牢牢担荷。

我杨玉环随驾西行，刚到马嵬驿内，不料六军变乱，立逼投缳。〔泣介〕唉，不知圣驾此时到那里了！我一灵渺渺，飞出驿中，不免望着尘头，追随前去。〔行介〕

【北双调·新水令】望銮舆才离了马嵬坡，咫尺间不能飞过。俺悄魂轻似叶，他征骑疾如梭。刚打个磨陀，翠旗尖又早被树烟锁。〔虚下〕

【南仙吕入双调·步步娇】〔生引丑、二内侍、四军拥行上〕没揣倾城遭凶祸，去住浑无那。行行唤奈何，马上回头，两泪交堕。〔丑〕启万岁爷，前面就是驻跸之处了。〔生叹介〕唉，我已厌一身多，伤心更说甚今宵卧。〔齐下〕

【北折桂令】〔旦行上〕一停停古道逶迤，俺只索虚趁云行，弱倩风驮。〔向内望科〕呀，好了。望见大驾，就在前面了也。这不是羽盖飘扬，鸾旌荡漾，翠辇嵯峨！不免疾忙赶上者。〔急行科〕愿一灵早依御座，便牢牵衮袖黄罗。〔内鸣锣作风起科〕〔旦作惊退科〕呀，我望着銮舆，正待赶上。忽然黑风过处，遮断去路，影都不见了。好苦呵，暗濛濛烟障林阿，杳沉沉雾塞山河，闪摇摇不住徘徊，悄冥冥怎样腾挪？

〔贴在内叫苦介〕〔旦〕你看那边愁云苦雾之中，有个鬼魂来了，且闪过一边。〔虚下〕〔贴扮虢国夫人魂上〕

【南江儿水】艳冶风前谢，繁华梦里过。风流谁识当初我？玉碎香残荒郊卧，云抛雨断重泉堕。〔二鬼卒上〕哇！那里去？〔贴〕奴家虢国夫人。〔鬼卒笑介〕原来就是你。你生前也忒受用了，如今且随我到枉死城中去。〔贴哭介〕哎哟，好苦呵！怨恨如山堆垛。只问你多大幽城，怕着不下这愁魂一个！

〔杂拉贴叫苦下〕〔旦急上看科〕呀，方才这个是我裴家姊姊，也被乱兵所害了。兀的不痛杀人也！

【北雁儿落带得胜令】想当日天边夺笑歌，今日里地下同零落。痛杀俺冤由一命招，更不想惨累全家祸。呀，空落得提起着泪滂沱，何处把恨消磨！怪不得四下愁云裹，都是俺千声怨气呵。〔望科〕那边又是一个鬼魂，满身鲜血，飞奔前来。好怕人也！悲么，泣孤魂独自无回和。惊么，只落得伴冥途野鬼多。〔虚下〕

【南侥侥令】〔副净扮杨国忠鬼魂跑上〕生前遭劫杀，死后见阎罗。〔牛头执钢叉，夜叉执铁锤、索上拦介〕〔副净跑下〕〔牛头、夜叉复赶上〕杨国忠那里走！〔副净〕呀，我是当朝宰相，方才被乱兵所害。你每做甚，又来拦我？〔牛头〕好贼，俺奉阎王之命，特来拿你。还不快走。〔副净〕那里去？〔牛头、夜叉〕向小小酆都城一座，教你去剑树与刀山寻快活。

〔牛头拉副净，执叉叉背，夜叉锁副净下〕〔旦急上看科〕呵呀，那不是我的哥哥。好可怜人也！〔作悲科〕

【北收江南】呀，早则是五更短梦瞥眼醒南柯。把荣华抛却只留得罪殃多。唉，想我哥哥如此。奴家岂能无罪？怕形消骨化忏不了旧情魔。且住，一望茫茫，前行无路，不如仍旧到马嵬驿中去罢。〔转行科〕待重转驿坡，心又早怯懦。听了这归林暮雀犹错认乱军呵。

〔虚下〕〔副净扮土地上〕地下常添枉死鬼，人间难觅返魂香。小神马嵬坡土地是也。奉东岳帝君之命，道贵妃杨玉环原系蓬莱仙子，今死在吾神界内。特命将他肉身保护，魂魄安顿，以候玉旨。不免寻他去来。〔行介〕

【南园林好】只他在翠红乡欢娱事过，粉香丛冤孽债多，一霎做电光石火。将肉质护泉窝，教魂魄守坟窠。〔虚下〕

【北沽美酒带太平令】〔旦行上〕度寒烟蔓草坡，行一步一延俄。〔看介〕呀，这树上写的有字，待我看来。〔作念科〕贵妃杨娘娘葬此。〔作悲科〕原来把我就埋在此处了。唉，玉环，玉环！〔泣科〕只这冷土荒堆树半棵，便是娉婷袅娜，落来的好巢窝。我临死之时，曾分付高力士，将金钗、钿盒与我殉葬，不知曾埋下否？怕旧物向尘埃抛堕，则俺这真情肯为生死差讹？就是果然埋下呵，还只怕这残尸败蜕，抱不牢同心并朵。不免叫唤一声，〔叫科〕杨玉环，你的魂灵在此。我呵，悄临风叫他、唤他。〔泣科〕可知道伊原是我，呀，直恁地推眠妆卧！

〔副净上唤科〕兀那啼哭的，可是贵妃杨玉环鬼魂么？〔旦〕奴家正是。是何尊神？乞恕冒犯。〔副净〕吾神乃马嵬坡土地。〔旦〕望尊神与奴做主咱。〔副净〕贵妃听吾道来：你本是蓬莱仙子，因微过谪落凡尘。今虽是浮生限满，旧仙山隔断红云。〔代旦解白练科〕吾神奉岳帝敕旨，解冤结免汝沉沦。〔旦福科〕多谢尊神，只不知奴与皇上，还有相见之日么？〔副净〕此事非吾神所晓。〔旦作悲科〕〔副净〕贵妃，且在马嵬驿暂住幽魂，吾神去也。〔下〕〔旦〕苦呵，不免到驿中佛堂里，暂且栖托则个。〔行科〕

【南尾声】重来绝命庭中过，看树底泪痕犹涴。怎能够飞去蓬山寻旧果！

土埋冤骨草离离，　　储嗣宗
回首人间总祸机。　　薛　能
云雨马嵬分散后，　　韦　绚
何年何路得同归？　　韦　庄

第二十八出　骂　贼

〔外扮雷海青抱琵琶上〕武将文官总旧僚，恨他反面事新朝。纲常留在梨园内，那惜伶工命一条。自家雷海青是也。蒙天宝皇帝隆恩，在梨园部内做一个供奉。不料禄山作乱，破了长安，皇帝驾幸西川去了。那满朝文武，平日里高官厚禄，荫子封妻，享荣华，受富贵。那一件不是朝廷恩典！如今却一个个贪生怕死，背义忘恩，争去投降不迭。只图安乐一时，那顾骂名千古。唉，岂不可羞，岂不可恨！我雷海青虽是一个乐工，那些没廉耻的勾当，委实做不出来。今日禄山与这一班逆党，大宴凝碧池头，传集梨园奏乐。俺不免乘此，到那厮跟前，痛骂一场，出了这口愤气。便粉身碎骨，也说不得了。且抱着琵琶，去走一遭也呵！

【仙吕·村里迓鼓】虽则俺乐工卑滥，硁硁愚暗，也不曾读书献策，登科及第，向鹓班高站。只这血性中，胸脯内，倒有些忠肝义胆。今日个睹了丧亡，遭了危难，值了变惨，不由人痛切齿，声吞恨衔。

【元和令】恨子恨泼腥膻莽将龙座渰，癞虾蟆妄想天鹅啖，生克擦直逼的个官家下殿走天南。你道恁胡行堪不堪？纵将他寝皮食肉也恨难劖。谁想那一班儿没掂三，歹心肠，贼狗男。

【上马娇】平日价张着口将忠孝谈，到临危翻着脸把富贵贪。早一齐儿摇尾受新衔，把一个君亲仇敌当作恩人感。咱，只问你蒙面可羞惭？

【胜葫芦】眼见的去做忠臣没个敢。雷海青呵，若不把一肩担，可不枉了戴发含牙人是俺。但得纲常无缺，须眉无愧，便九死也心甘。〔下〕

【中吕引子·绕红楼】〔净引二军士上〕抢占山河号大燕，袍染赭，冠戴冲天。凝碧清秋，梨园小部，歌舞列琼筵。

孤家安禄山。自从范阳起兵，所向无敌，长驱西入，直抵长安。唐家皇帝，逃入蜀中去了，锦绣江山，归吾掌握。〔笑介〕好不快活！今日聚集百官，在凝碧池上做个太平筵宴，洒乐一回。内侍每，众官可曾齐到？〔杂〕都在外殿伺候。〔净〕宣过来。〔军〕领旨。〔宣介〕主上宣百官进见。〔四伪官上〕今日新天子，当时旧宰臣。同为识时者，不是负恩人。〔见介〕臣等朝见。愿主上万岁，万万岁！〔净〕众卿平身。孤家今日政务稍闲，特设宴在凝碧池上，与卿等共乐太平。〔四伪官〕万岁！〔军〕筵宴完备，

请主上升宴。〔内奏乐，四伪官跪送酒介〕〔净〕

【中吕过曲·尾犯序】龙戏碧池边，正五色云开，秋气澄鲜。紫殿逍遥，暂停吾玉鞭。开宴，走绯衣鸾刀细割，揎锦袖犀盘满献。〔四伪官献酒再拜介〕瑶池下，熊罴鹓鹭，拜送酒如泉。

〔净〕内侍每，传旨唤梨园子弟奏乐。〔军〕领旨。〔向内介〕主上有旨，着梨园子弟奏乐。〔内应奏乐介〕〔军送净酒介〕〔合〕

【前腔换头】当筵，众乐奏钧天。旧日《霓裳》，重按歌遍。半入云中，半吹落风前。稀见，除却了清虚洞府，只有那沉香亭院。今日个，仙音法曲不数大唐年。

〔净〕奏得好。〔四伪官〕臣想天宝皇帝，不知费了多少心力，教成此曲。今日却留与主上受用，真乃齐天之福也！〔净笑介〕众卿言之有理，再上酒来。〔军送酒介〕〔外在内泣唱介〕

【前腔换头】幽州鼙鼓喧，万户蓬蒿，四野烽烟。叶堕空宫，忽惊闻歌弦奇变，真个是天翻地覆，真个是人愁鬼怨。〔大哭介〕我那天宝皇帝呵，金銮上，百官拜舞何日再朝天？

〔净〕呀，什么人啼哭？好奇怪！〔军〕是乐工雷海青。〔净〕拿上来。〔军拉外上见介〕〔净〕雷海青，孤家在此饮太平筵宴，你敢擅自啼哭，好生可恶！〔外骂介〕唉，安禄山，你本是失机边将，罪应斩首。幸蒙圣恩不杀，拜将封王。你不思报效朝廷，反敢称兵作乱，秽污神京，逼迁圣驾。这罪恶贯盈，指日天兵到来诛戮，还说什么太平筵宴！〔净大怒介〕唉，有这等事。孤家入登大位，臣下无不顺从。量你这一个乐工，怎敢如此无礼！军士看刀伺候。〔二军作应，拔刀介〕〔外一面指净骂介〕

【扑灯蛾】怪伊忒负恩，兽心假人面，怒发上冲冠。我虽是伶工微贱也，不似他朝臣腼腆。安禄山，你窃神器，上逆皇天，少不得顷刻间尸横血溅！〔将琵琶掷净介〕我掷琵琶，将贼臣碎首报开元。

〔军夺琵琶介〕〔净〕快把这厮拿去砍了！〔军应拿外砍下〕〔净〕好恼，好恼！〔四伪官〕主上息怒。无知乐工，何足介意。〔净〕孤家心上不快，众卿且退。〔四伪官〕领旨。臣等恭送主上回宫。〔跪送介〕〔净〕酒逢知己千钟少，话不投机半句多。〔怒下〕〔四伪官起介〕杀得好，杀得好！一个乐工，思量做起忠臣来。难道我每吃太平宴的，倒差了不成！

【尾声】大家都是花花面，一个忠臣值甚钱。〔笑介〕雷海青，雷海青，毕竟你未戴乌纱识见浅！

三秦流血已成川，　罗　隐
为虏为王事偶然。　李山甫
世上何人怜苦节，　陆希声
直须行乐不言旋。　薛　稷

第二十九出　闻　铃

〔丑内叫介〕军士每趱行，前面伺候。〔内鸣锣，应介〕〔丑〕万岁爷，请上马。〔生骑马，丑随行上〕

【双调近词·武陵花】万里巡行，多少悲凉途路情。看云山重叠处，似我乱愁交并。无边落木响秋声，长空孤雁添悲哽。寡人自离马嵬，饱尝辛苦。前日遣使臣赍奉玺册，传位太子去了。行了一月，将近蜀中。且喜贼兵渐远，可以缓程而进。只是对此鸟啼花落，水绿山青，无非助朕悲怀。如何是好！〔丑〕万岁爷，途路风霜，十分劳顿。请自排遣，勿致过伤。〔生〕唉，高力士，朕与妃子，坐则并几，行则随肩。今日仓卒西巡，断送他这般结果，教寡人如何撇得下也！〔泪介〕提起伤心事，泪如倾。回望马嵬坡下，不觉恨填膺。〔丑〕前面就是栈道了，请万岁爷挽定丝缰，缓缓前进。〔生〕袅袅旗旌，背残日，风摇影。匹马崎岖怎暂停，怎暂停！只见阴云黯淡天昏暝，哀猿断肠，子规叫血，好教人怕听。兀的不惨杀人也么哥，兀的不苦杀人也么哥！萧条恁生，峨眉山下少人经，冷雨斜风扑面迎。

〔丑〕雨来了，请万岁爷暂登剑阁避雨。〔生作下马、登阁坐介〕〔丑作向内介〕军士每，且暂驻扎，雨住再行。〔内应介〕〔生〕独自登临意转伤，蜀山蜀水恨茫茫。不知何处风吹雨，点点声声迸断肠。〔内作铃响介〕〔生〕你听那壁厢，不住的声响，聒的人好不耐烦。高力士，看是甚么东西。〔丑〕是树林中雨声，和着檐前铃铎，随风而响。〔生〕呀，这铃声好不做美也！

【前腔】淅淅零零，一片凄然心暗惊。遥听隔山隔树，战合风雨，高响低鸣。一点一滴又一声，一点一滴又一声，和愁人血泪交相迸。对这伤情处，转自忆荒茔。白杨萧瑟雨纵横，此际孤魂凄冷。鬼火光寒，草间湿乱萤。只悔仓皇负了卿，负了卿！我独在人间委实的不愿生。语娉婷，相将早晚伴幽冥。一恸空山寂，铃声相应，阁道崚嶒，似我回肠恨怎平！

〔丑〕万岁爷且免愁烦。雨止了，请下阁去罢。〔生作下阁、上马介，丑向内介〕军士每，前面起驾。〔众内应介〕〔丑随生行介〕〔生〕

【尾声】迢迢前路愁难罄，招魂去国两关情。〔合〕望不尽雨后尖山万点青。

聞鈴

〔生〕剑阁连山千里色，　　骆宾王
离人到此倍堪伤。　　罗　邺
空劳翠辇冲泥雨，　　秦韬玉
一曲淋铃泪数行。　　杜　牧

第三十出　情　悔

【仙吕入双调·普贤歌】〔副净上〕马嵬坡下太荒凉，土地公公也气不扬。祠庙倒了墙，没人烧炷香，福礼三牲谁祭享！

小神马嵬坡土地是也，向来香火颇盛。只因安禄山造反，本境人民尽皆逃散。弄得庙宇荒凉，香烟断绝。目今野鬼甚多，恐怕出来生事，且往四下里巡看一回。正是：只因神倒运，常恐鬼胡行。〔虚下〕〔魂旦上〕

【双调引子·捣练子】冤叠叠，恨层层，长眠泉下几时醒？魂断苍烟寒月里，随风窣窣度空庭。

一曲《霓裳》逐晓风，天香国色总成空。可怜只有心难死，脉脉常留恨不穷。奴家杨玉环鬼魂是也。自从马嵬被难，荷蒙岳帝传敕，得以栖魂驿舍，免堕冥司。〔悲介〕我想生前与皇上在西宫行乐，何等荣宠！今一旦红颜断送，白骨冤沉，冷驿荒垣，孤魂淹滞。你看月淡星寒，又早黄昏时分，好不凄惨也！

【过曲·三仙桥】古驿无人夜静，趁微云，移月暝，潜潜趓趓，暂时偷现影。魆地间，心耿耿，猛想起我旧丰标教我一想一泪零。想、想当日那态娉婷，想、想当日那妆艳靓，端得是赛丹青描成画成。那晓得不留停，早则饥寒肉冷。〔悲介〕苦变做了鬼胡由，谁认得是杨玉环的行径！

〔泪介〕〔袖出钗盒介〕这金钗、钿盒，乃皇上定情之物，已从墓中取得。不免向月下把玩一回。〔副净潜上，指介〕这是杨贵妃鬼魂，且听他说些什么。〔背立听介〕〔旦看钗盒介〕

【前腔】看了这金钗儿双头比并，更钿盒同心相映。只指望两情坚如金似钿，又怎知翻做断绠！若早知为断绠，枉自去将他留下了这伤心把柄。记得盒底夜香清，钗边晓镜明，有多少欢承爱领。〔悲介〕但提起那恩情，怎教我重泉目暝！〔哭介〕苦只为钗和盒，那夕的绸缪，翻成做杨玉环这些时的悲哽。

〔副净背听，作点头介〕〔旦〕咳，我杨玉环，生遭惨毒，死抱沉冤。或者能悔前愆，得有超拔之日，也未可知。且住，〔悲介〕只想我在生所为，那一桩不是罪案。况且

弟兄姊妹，挟势弄权，罪恶滔天，总皆由我，如何忏悔得尽！不免趁此星月之下，对天哀祷一番。〔对天拜介〕

【前腔】对星月发心至诚，拜天地低头细省。皇天，皇天！念杨玉环呵，重重罪孽，折罚来遭祸横。今夜呵，忏愆尤，陈罪眚，望天天高鉴，宥我垂证明。只有一点那痴情，爱河沉未醒。说到此悔不来，惟天表证。纵冷骨不重生，拼向九泉待等。那土地说，我原是蓬莱仙子，谴谪人间。天呵，只是奴家恁般业重，敢仍望做蓬莱座的仙班，只愿还杨玉环旧日的匹聘。

〔副净〕贵妃，吾神在此。〔旦〕原来是土地尊神。〔副净〕

【越调过曲·忆多娇】我趁月明，独夜行。见你拜祷深深仔细听，这一悔能教万孽清。管感动天庭，感动天庭，有日重圆旧盟。

〔旦〕多蒙尊神鉴悯。只怕奴家呵，

【前腔】业障萦，夙慧轻。今夕徒然愧悔生，泉路茫茫隔上清。〔悲介〕说起伤情，说起伤情，只落得千秋恨成。

〔副净〕贵妃不必悲伤，我今给发路引一纸。千里之内，任你魂游便了。〔作付路引介〕听我道来：

【斗黑麻】你本是蓬莱籍中有名，为堕落皇宫，痴魔顿增。欢娱过，痛苦经，虽谢尘缘，难返仙庭。喜今宵梦醒，教你逍遥择路行。莫恋迷途，莫恋迷途，早归旧程。

【前腔】〔旦接路引谢介〕深谢尊神，与奴指明。怨鬼愁魂，敢望仙灵！〔背介〕今后呵，随风去，信路行。荡荡悠悠，日隐宵征。依月傍星，重寻钗盒盟。还怕相逢，还怕相逢，两心痛增。

〔副净〕吾神去也。

〔旦〕 晓风残月正潸然， 韩琮
〔副净〕对影闻声已可怜。 李商隐
〔旦〕 昔日繁华今日恨， 司空图
〔副净〕只应寻访是因缘。 方干

第三十一出 剿 寇

【中吕引子·菊花新】〔外戎装,领四军上〕谬承新命陟崇阶,挂印催登上将台。惭愧出群才,敢自许安危全赖。

建牙吹角不闻喧,三十登坛众所尊。家散万金酬士死,身留一剑答君恩。下官郭子仪,叨蒙圣恩,特拜朔方节度使,领兵讨贼。现今上皇巡幸西川,今上即位灵武。当此国家多事之秋,正我臣子建功之日。誓当扫清群寇,收复两京,再造唐家社稷,重睹汉官威仪,方不负平生志愿也。众将官,今乃黄道吉日,就此起兵前去。〔众应,呐喊、发号启行介〕〔合〕

【中吕过曲·驮环着】拥鸾旗羽盖,蹴起尘埃。马挂征鞍,将披重铠,画戟雕弓耀彩。军令分明,争看取奋鹰扬堂堂元帅。端的是孙吴无赛,管净扫妖氛毒害。机谋运,阵势排,一战收京,万方宁泰。〔齐下〕

【前腔】〔丑末扮番将、引军卒行上〕倚兵强将勇,倚兵强将勇,一鼓前来。阵似推山,势如倒海。不断征云叆叆,鬼哭神号,到处里染腥风,杀人如芥。自家大燕皇帝麾下大将史思明、何千年是也。唐家立了新皇帝,遣郭子仪杀奔前来。奉令着我二人迎敌。〔末〕闻得郭子仪兵势颇盛,我等二人分作两队。待一人与他交战,一人横冲出来,必获大胜。〔丑〕言之有理。大小三军,就此分队杀上前去。〔四杂应,做分行介〕向两下分兵迎待,先一合拖刀佯败。磨旗惨,战鼓哀。奋勇先登,振威夺帅。

〔末领众先下〕〔外领军上,与丑对战一合介〕〔丑〕来将何名?〔外〕吾乃大唐朔方节度使郭。天兵到此,还不下马受缚,更待何时?〔丑〕不必多讲,放马过来。〔战介,丑败介,走下〕〔末领卒上,截外战介〕〔外〕来的贼将,快早投降!〔末〕郭子仪,你可赢得我么?〔外〕休得饶舌!〔战介,丑复上混战介〕〔丑、末大败逃下〕〔外〕且喜贼将大败而逃,此去长安不远,连夜杀奔前去便了。〔众〕得令。〔行介〕〔合〕

【添字红绣鞋】三军笑口齐开,齐开;旌旗满路争排,争排。拥大将,气雄哉,合图画上云台。把军书忙裁,忙裁;捷奏报金阶,捷奏报金阶。

【尾声】两都早慰云霓待,九庙重瞻日月开,复立皇唐亿万载。

悲风杀气满山河，　　白居易
师克由来在协和。　　胡　曾
行望凤京旋凯捷，　　贺　朝
千山明月静干戈。　　杜荀鹤

第三十二出　哭　像

〔生上〕蜀江水碧蜀山青，赢得朝朝暮暮情。但恨佳人难再得，岂知倾国与倾城。寡人自幸成都，传位太子，改称上皇。喜的郭子仪兵威大振，指日荡平。只念妃子为国损躯，无可表白，特敕成都府建庙一座。又选高手匠人，将旃檀香雕成妃子生像。命高力士迎进宫来，待寡人亲自送入庙中供养。敢待到也。〔叹科〕咳，想起我妃子呵，

【正宫·端正好】是寡人昧了他誓盟深，负了他恩情广，生拆开比翼鸾凰。说甚么生生世世无抛漾，早不道半路里遭魔障。

【滚绣球】恨寇逼的慌，促驾起的忙。点三千羽林兵将，出延秋，便沸沸扬扬。甫伤心第一程，到马嵬驿舍傍。猛地里爆雷般齐呐起一声的喊响，早子见铁桶似密围住四下里刀枪。恶噷噷单施逞着他领军元帅威能大，眼睁睁只逼拶的俺失势官家气不长，落可便手脚慌张。

恨只恨陈元礼呵，

【叨叨令】不催他车儿马儿，一谜家延延挨挨的望；硬执着言儿语儿，一会里喧喧腾腾的谤；更排些戈儿戟儿，一哄中重重叠叠的上；生逼个身儿命儿，一霎时惊惊惶惶的丧。〔哭科〕兀的不痛杀人也么哥，兀的不痛杀人也么哥！闪的我形儿影儿，这一个孤孤凄凄的样。

寡人如今好不悔恨也！

【脱布衫】羞杀咱掩面悲伤，救不得月貌花庞。是寡人全无主张，不合呵将他轻放。

【小梁州】我当时若肯将身去抵搪，未必他直犯君王；纵然犯了又何妨，泉台上，倒博得永成双。

【幺篇】如今独自虽无恙，问余生有甚风光！只落得泪万行，愁千伏！〔哭科〕我那妃子呵，人间天上，此恨怎能偿！

〔丑同二宫女、二内监捧香炉、花幡，引杂抬杨妃像，鼓乐行上〕〔丑见生科〕启万岁爷：杨娘娘宝像迎到了。〔生〕快迎进来波。〔丑〕领旨。〔出科〕奉旨：宣杨娘娘像进。〔宫女〕领旨。〔做抬像进、对生，宫女跪，扶像略俯科〕杨娘娘见驾。〔丑〕平身。

〔宫女起科〕〔生起立对像哭科〕我那妃子呵，

【中吕·上小楼】别离一向，忽看娇样。待与你叙我冤情，说我惊魂，话我愁肠。〔近前叫科〕妃子，妃子，怎不见你回笑庞，答应响，移身前傍。〔细看像，大哭科〕呀，原来是刻香檀做成的神像！

〔丑〕銮舆已备，请万岁爷上马，送娘娘入庙。〔杂扮校尉，瓜、旗、伞、扇，銮驾队子上〕〔生〕高力士传旨，马儿在左，车儿在右，朕与娘娘并行者。〔丑〕领旨。〔生上马，校尉抬像，排队引行科〕〔生〕

【幺篇】谷碌碌凤车呵紧贴着行，袅亭亭龙鞭呵相对着扬。依旧的辇儿厮并，肩儿齐亚，影儿成双。情暗伤，心自想。想当时联镳游赏，怎到头来刚做了恁般随倡！

〔到科〕〔丑〕到庙中了，请万岁爷下马。〔生下马科〕内侍每，送娘娘进庙去者。〔銮驾队子下〕〔内侍抬像，同宫女、丑随生进，生做入庙看科〕

【满庭芳】我向这庙里抬头觑望，问何如西宫南苑，金屋辉光？那里有鸳帏绣幕芙蓉帐，空则见颤巍巍神幔高张，泥塑的宫娥两两，帛装的阿监双双。剪簇簇旛旌扬，招不得香魂再转，却与我摇曳吊心肠。

〔坐前坐科〕〔丑〕吉时已届，候旨请娘娘升座。〔生〕官人每：伏侍娘娘升座者。〔宫女应科〕领旨。〔内细乐，宫女扶像对生，如前略俯科〕杨娘娘谢恩。〔丑〕平身。〔生起立，内鼓乐，众扶像上座科〕〔生〕

【快活三】俺只见宫娥每簇拥将，把团扇护新妆。犹错认定情初，夜入兰房。〔悲科〕可怎生冷清清独坐在这彩画生绡帐！

〔丑〕启万岁爷：杨娘娘升座毕。〔生〕看香过来。〔丑跪奉香，生拈香科〕

【朝天子】爇腾腾宝香，映荧荧烛光，猛逗着往事来心上。记当日长生殿里御炉傍，对牛女把深盟讲。又谁知信誓荒唐，存殁参商！空忆前盟不暂忘。今日呵，我在这厢，你在那厢，把着这断头香在手添凄怆。

高力士看酒过来，朕与娘娘亲奠一杯者。〔丑奉酒科〕初赐爵。〔生捧酒哭科〕

【四边静】把杯来擎掌，怎能够檀口还从我手内尝！按不住凄惶，叫一声妃子也亲陈上。泪珠儿溶溶满觞，怕添不下半滴葡萄酿。

〔丑接杯献座科〕〔生〕我那妃子呵！

【耍孩儿】一杯望汝遥来享，痛煞煞古驿身亡。乱军中抔土便埋藏，并不曾瀽半碗凉浆。今日呵，恨不诛他肆逆三军众，祭汝含酸一国殇。对着这云帏像，空落得仪容如在，越痛你魂魄飞扬。

〔丑又奉酒科〕亚赐爵。〔生捧酒哭科〕

【五煞】碧盈盈酒再陈，黑漫漫恨未央，天昏地暗人痴望。今朝庙宇留西蜀，何日山陵改北邙！〔丑又接杯献座科〕〔生哭科〕寡人呵，与你同穴葬，做一株冢边连理，化一对墓顶鸳鸯。

〔丑又奉酒科〕终赐爵。〔生捧酒科〕

【四煞】奠灵筵礼已终，诉衷情话正长。你娇波不动，可见我愁模样？只为我金钗钿盒情辜负，致使你白练黄泉恨渺茫。〔丑接杯献科〕〔生哭科〕向此际捶胸想，好一似刀裁了肺腑，火烙了肝肠。

〔丑、宫女、内侍俱哭科〕〔生看像惊科〕呀，高力士，你看娘娘的脸上，兀的不流出泪来了。〔丑同宫女看科〕呀，神像之上，果然满面泪痕，奇怪，奇怪！〔生哭科〕哎呀，我那妃子呵！

【三煞】只见他垂垂的湿满颐，汪汪的含在眶，纷纷的点滴神台上。分明是牵衣请死愁容貌，回顾吞声惨面庞。这伤心真无两，休说是泥人堕泪，便教那铁汉也肠荒！

〔丑〕万岁爷请免悲伤，待奴婢每叩见娘娘。〔同宫女、内侍哭拜科〕〔生〕

【二煞】只见老常侍双膝跪，旧宫娥伏地伤。叫不出娘娘千岁，一个个含悲向。〔哭科〕妃子呵，只为你当日在昭阳殿里施恩遍，今日个锦水祠中遗爱长。悲风荡，肠断杀数声杜宇，半壁斜阳。

〔丑〕请万岁爷与娘娘焚帛。〔生〕再看酒来。〔丑奉酒焚帛，生酹酒科〕

【一煞】叠金银山百座，化幽冥帛万张。纸铜钱怎买得天仙降？空着我衣沾残泪，鹃留怨。不能勾魂逐飞灰蝶化奴，蓦地里增悲怆。甚时见鸾骖碧汉，鹤返辽阳。

〔丑〕天色已晚，请万岁爷回宫。〔生〕宫娥，可将娘娘神帐放下者。〔宫娥〕领旨。〔做下神幔，内暗抬像下科〕〔生〕起驾。〔丑应科〕〔生作上马，銮驾队子复上，引行科〕〔生〕

【煞尾】出新祠泪未收，转行宫痛怎忘？对残霞落日空凝望！寡人今夜呵，把哭不尽的衷情，和你梦儿里再细讲。

数点香烟出庙门，　　曹　邺
巫山云雨洛川神。　　权德舆
翠蛾仿佛平生貌，　　白居易
日暮偏伤去住人。　　封彦冲

第三十三出　神　诉

【仙吕入双调·柳摇金】〔贴引二仙女、二仙官队子行上〕工成玉杼，机丝巧殊，呈锦过天除。摇佩还星渚，云中引凤舆。初望着银河一缕，碧落映空虚。俯视尘寰，山川米聚。吾乃天孙织女是也。织成天锦，进呈上帝。行路中间，只见一道怨气，直冲霄汉。不知下界是何地方。〔叫介〕仙官，〔官应介〕〔贴〕你看这非烟非雾，怨气模糊，试问下方何处？

〔官应，作看介〕启娘娘：下界是马嵬坡地方。〔贴〕分付暂驻云车，即宣马嵬坡土地来者。〔官应，众拥贴高处坐介〕〔官向内唤介〕马嵬坡土地何在？〔副净应上〕来也。

【越调·斗鹌鹑】则俺在庙里安身，忽听得空中唤取。则他那天上宣差，有俺甚地头事务。〔官唤科〕土地快来。〔副〕他不住的唱叫扬疾，唬的我慌忙急遽。只索把急张拘诸的袍袖来拂，乞留屈碌的腰带来束。整顿了这破丢不答的平顶头巾，扶定了那滴羞扑速的齐眉拐拄。

〔见官科〕仙官呼唤，有何使令？〔官〕织女娘娘呼唤你哩！〔副净〕

【紫花儿序】听说道唤俺的是天孙织女，我又不曾在河边去掌渡司桥，可因甚到坡前来觅路寻途？〔背科〕哦，是了波，敢只为云中驾过，道俺这里接待全疏，〔哭科〕待将咱这卑职来勾除。〔回向官科〕仙官可怜见波，小神官卑地苦，接待不周，特带得一陌黄钱在此，送上仙官，望在娘娘前方便咱。则看俺庙宇荒凉鬼判无，常只是尘蒙了神案，土塞在台基，草长在香炉。

〔官笑科〕谁要你的黄钱。娘娘有话问你哩，快去，快去！〔引副净见介〕〔副净〕马嵬坡土地叩见。愿娘娘圣寿无疆。〔仙女〕平身。〔副净起科〕〔贴〕土地，我在此经过，见你界上有怨气一道，直冲霄汉。是何缘故？〔副净〕娘娘听启：

【天净沙】这的是艳晶晶《霓裳》曲里娇姝，袅亭亭翠盘掌上轻躯。〔贴〕是那一个？〔副净〕是唐天子的贵妃杨玉环，碜磕磕黄土坡前怨屈，因此上痛咽咽幽魂不去，霭腾腾黑风在空际吹嘘。

〔贴〕原来就是杨玉环。记得天宝十载渡河之夕，见他与唐天子在长生殿上，誓愿世为夫妇。如今已成怨鬼，甚是可怜。土地，你将死时光景说与我听者。〔副净〕

【调笑令】子为着往蜀，侍銮舆，鼎沸般军声四下里呼。痛红颜不敢将恩负，哭哀哀拜辞了君主。一霎时如花命悬三尺组，生擦擦为国捐躯。

〔贴〕怎生为国捐躯，你再细细说来。〔副净〕

【小桃红】当日个闹镬铎激变羽林徒，把驿庭四面来围住。若不是慷慨佳人将难轻赴，怎能够保无虞，扈君王直向西川路，使普天下人心悦服。今日里中兴重睹，兀的不是再造了这皇图！

〔贴〕虽如此说，只是以天下为主，不能庇一妇人，长生殿中之誓安在？李三郎畅好薄情也！〔副净〕娘娘，那杨妃呵，

【秃厮儿】并不怨九重上情违义忤，单则捱九泉中恨债冤逋。痛只痛情缘两断不再续，常则是悲此日，忆当初，欷歔！

〔贴〕他可说些甚来？〔副净〕

【圣药王】他道是恩已虚，爱已虚，则那长生殿里的誓非虚。就是情可辜，意可辜，则那金钗钿盒的信难辜。拚抱恨守冥途。

〔贴〕他原是蓬莱仙子，只因夙孽，迷失本真。今到此地位，还记得长生殿中之誓。有此真情，殊堪鉴悯。〔副净〕再启娘娘：杨妃近来，理自痛悔前愆。〔贴〕怎见得？〔副净〕

【麻郎儿】他夜夜向星前扪心泣诉，对月明叩首悲吁。切自悔愆尤积聚，要祈求罪业消除。

【么篇】因此上怨呼恨吐意苦。虽不能贯白虹上达天都，早则是结紫孛冲开地府。不提防透青霄横当仙路。

〔贴〕原来如此。既悔前非，诸愆可释。吾当保奏天庭，令他复归仙位便了。〔副净〕娘娘呵，

【络丝娘】虽则保奏他仙班再居，他却还有痴情几许。只恐到仙宫但孤处，愿永证前盟夫妇。

〔贴〕是儿好情痴也！你且回本境，吾自有道理。〔副净〕领法旨。

【尾声】代将情事分明诉，幸娘娘与他做主。早则看马嵬坡少一个苦游魂，稳情取蓬莱山添一员旧仙侣。

〔下〕〔贴〕分付起驾，回璇玑宫去。〔众应引行介〕

【仙吕入双调过曲·金字段】【金字令】红颜薄命，听说真冤苦。黄泉长恨，听说多酸楚。更抱贞心，初盟不负。【三段字】悔深顿令真元露，情坚炼出金丹固，只合登仙把人天恨补。

往来朝谒蕊珠宫，　　赵　嘏

乌鹊桥成上界通。　　刘　威

纵目下看浮世事，　　方　干

君恩已断尽成空。　　卢　弼

第三十四出　刺　逆

〔丑扮李猪儿太监帽、毡笠、箭衣上〕小小身材短短衣，高檐能走壁能飞。怀中匕首无人见，一皱眉头起杀机。自家李猪儿便是，从小在安禄山帐下。见俺人材俊俏，性格聪明，就与儿子一般看待。一日禄山醉后，忽然现出猪首龙身，自道是个猪龙，必有天子之分。因此把俺名字，就顺口唤做猪儿。不想他如今果然做了皇帝，却宠爱着段夫人，要立他儿子庆恩为太子。眼见这顶平天冠，不要说俺李猪儿没福戴他，就是他长子大将军庆绪，也轮不到头上了。因此大将军心怀忿恨，与俺商量，要俺今夜入宫行刺。唉，安禄山，安禄山，你受了唐天子那样大恩，尚且兴兵反叛，休怪俺李猪儿今日反面无情也。〔内打二更介〕你听，谯楼已打二鼓，不免乘此夜静，沿着宫墙前去走一遭也呵。〔行介〕

【双调·二犯江儿水】阴森夹道，行不尽阴森夹道，更深人静悄。〔内作鸟声介〕怕惊飞宿鸟，〔内作犬吠介〕犬吠哰哰，祸机儿包贮好。〔内打更介〕那边巡军来了，俺且闪在大树边，躲避一回。〔躲介〕〔小生、末、中净、老旦扮四军，巡更上〕百万军中人四个，九重门外月三更。〔末〕大哥每，你看那御河桥树枝，为何这般乱动?〔老〕莫不有甚奸细在内。〔中净〕这所在那得有奸细，想是柳树成精了。〔小生〕呸，你每不听得风起么?〔众〕不要管，一路巡去就是了。〔绕场走下〕〔丑出行介〕好唬人也。只见刁斗暗中敲，巡军过御桥。星影云飘，月影花摇，险些儿漏风声难自保。一路行来，此处已近后殿，不免跳过墙去。苑墙恁高，那怕他苑墙恁高，翻身一跳，〔作跳过介〕已被俺翻身一跳。〔内作乐介〕你听，恁般时候，还有笙歌之声。喜得宫中都是熟路，且自慢慢而去。等待他醉模糊把锦席抛。

〔虚下〕〔净作醉态，老旦、中净、二宫女扶侍，二杂扮内侍、提灯上〕〔净〕孤家醉了，到便殿中安息去罢。〔杂引净到介〕〔净坐介〕〔二杂先下〕〔净〕宫娥，段夫人可曾回宫?〔老旦、中净〕回宫去了。〔净〕看茶来吃。〔老旦、中净应下〕〔净作醒叹介〕唉，孤家原不曾醉。只为打破长安之后，便想席卷中原。不料各路诸将，连被郭子仪杀得大败，心中好生着急。又因爱恋段夫人，酒色过度，不但弄得孤家身子疲软，连双目都不见了。因此今夜假装酒醉，令他回宫，孤家自在便殿安寝，暂且将息一宵。〔老旦、中净捧茶上〕皇爷，茶在此。〔净作饮介〕〔内打三更介〕〔中净〕夜已三更，请皇爷安寝罢。〔净〕宫娥每，把殿门紧闭了。〔老旦、中净应作闭门介〕〔净睡介〕〔老旦、中净坐地盹介，净作惊介〕为何今夜睡卧不宁，只管肉飞眼跳。〔叫介〕宫娥，宫娥！〔中净惊醒介〕想是皇爷独眠不惯，在那里唤人哩。姐姐你去。〔老旦〕姐姐，还是你去。〔推，诨介〕〔净又叫介〕宫娥，是什么人惊醒孤家？〔老旦、副净〕没有人。〔净〕传令外面军士，小心巡逻。〔老旦、副净〕领旨。〔作开门出，向内传介〕〔内应介〕〔老旦、副净进，忘闭门，复坐地盹介〕〔净做睡不着介〕又记起一事来，段夫人要孤家立他的儿子庆恩为太子，这事明日也要定了。〔做睡着介〕〔丑潜上〕俺李猪儿在黑影里，等了多时。才听得笙歌散后，段夫人回宫，说禄山醉了在便殿安息。是好机会也呵！〔行介〕

【前腔】潜身行到，悄不觉潜身行到。〔内喊小心巡逻介〕巡更的空闹吵，怎知俺宫闱暗绕，苑路斜抄，凑昏君沉醉倒。这里已是便殿了。且喜门儿半开在此，不免捱身而入。〔进介〕莫把兽环摇，〔作听介〕听鼾声殿角高。你看守宿的宫女，都是睡着。〔作剔灯介〕咱剔醒兰膏，〔揭帐介〕揭起鲛绡，〔出刀介〕管教他泼残生登时了。〔净作梦语，丑惊，伏地，徐起细听介〕梦中絮叨，原来是梦中絮叨。〔内打四更介〕残更频报，趁着这残更频报，赤紧的向心窝刺一刀。

〔刺净急下〕〔净作大叫一声跌地，连跳作死介〕〔老旦、中净惊醒介〕那里这般响动？〔看介〕啊呀，不好了！〔向外叫介〕外厢值宿军士快来！〔四杂军上〕为何大惊小怪？〔老旦、中净〕皇爷忽然梦中大叫，急起看时，只见鲜血满身，倒在地下。〔四杂〕有这等事！〔作进看介〕呀，原来被人刺中心窝而死。好奇怪，我每紧守外厢，还有许多巡军拦路，这贼从那里进来？毕竟是你每做出来的。〔老旦、副净〕好胡说，你每在外厢护卫，放了贼进来。明日大将军查问，少不得一个个都是死。〔军〕难道你每就推得干净？〔诨介〕〔杂扮将官上〕凶音来紫殿，令旨出青宫。大将军有令：主上被唐朝郭子仪遣人刺死，即着军士抬往段夫人宫中收殓，候大将军即位发丧。〔四杂〕得令。〔抬净尸，随杂下〕〔老旦、副净向内介〕

鱼文匕首犯车茵，　刘禹锡
当值巡更近五云。　王　建
胸陷锋芒脑涂地，　陆龟蒙
已无踪迹在人群。　赵　嘏

第三十五出　收　京

【仙吕过曲·甘州歌】【八声甘州】〔外金盔、袍服，生、小生、净、末扮四将，各骑马，二卒执旗行上〕宣威进讨，喜日明帝里，风静皇郊。欃枪涤尽，看把乾坤重造。扬鞭漫将金镫敲，整顿中兴事正饶。〔外〕下官郭子仪，奉命统兵讨贼。且喜禄山授首，庆绪奔逃，大小三军就此振旅进城去。〔众应，行介〕【排歌】收驰辔，近吊桥，只见长安父老拜前旄。欢声动，笑语高，卖将珠串奉香醪。

〔到介〕〔众〕启元帅：已进京城。请在龙虎卫衙门，权时驻扎。〔外、众下马，作进，外正坐，四将傍坐介〕〔外〕忆昔长安全盛时，〔生、小生〕今朝重到不胜悲。〔净、末〕漫挥满目河山泪，〔外〕始悟新丰壁上诗。〔四将〕请问元帅，什么新丰壁上诗？〔外〕诸将不知，本镇当年初到西京，偶见酒楼壁上，有术士李遐周题诗一首。〔四将〕题的是何诗句？〔外〕那诗上说："燕市人皆去，函关马不归。若逢山下鬼，环上系罗衣。"〔四将〕这却怎么解？〔外〕当时也详解不出。如今看来，却句句验了。〔将〕请道其详。〔外〕禄山统燕、蓟军马，入犯两京，可不是"燕市人皆去"么？后来哥舒兵败潼关，正是"函关马不归"了。〔四将〕是，果然不差。后面两句，却又何解？〔外〕"山下鬼"者，嵬字也。"环"乃贵妃之名，恰应马嵬赐死之事。〔四将〕原来如此，可见事皆前定。今仗元帅洪威，重收宫阙，真乃不世之勋也。〔外叹介〕唉，西京虽复，只是天子暂居灵武，上皇远狩成都；千官尚窜草莱，百姓未归田里。必先肃清宫禁，洒扫园陵。务使钟簴不移，庙貌如故。上皇西返，大驾东回。才完得我郭子仪身上的事也。〔四将打恭介〕全仗元帅。只手重扶唐社稷，一肩独荷李乾坤。〔外〕说便这般说，这中兴事，大费安排。诸公何以教我？〔四将〕不敢。〔外〕

【商调过曲·高阳台】九庙灰飞，诸陵尘暗，腥膻满目狼藉。久阙宫悬，伤心血泪时滴。〔合〕今日，妖氛幸喜消尽也，索早自扫除修葺。〔外〕左营将官过来。〔生〕有。〔外〕你将这令箭一枝，前去星夜雇募人夫扫除陵寝，修葺宗庙，候圣驾回来致祭。〔合〕待春园，樱桃熟绽，荐陈时食。

〔外付令箭，生收介〕领钧旨。〔末〕元帅在上，帝京初复，十室九空。为今要务，先当招集流移，使安故业。〔外〕言之然也。

【前腔换头】堪惜，征调千家，流离百室。哀鸿满路悲戚，须早招徕。

闾阎重见盈实。〔合〕安辑，春深四野农事早，恰趁取甲兵初释。〔外〕右营将官过来。〔小生〕有。〔外〕你将这令箭一枝，前去出榜安民，复归旧业。〔合〕遍郊圻，安宁妇子，勉修耕织。

〔外付令箭，小生接介〕领钧旨。〔净〕元帅在上，国家新造，纲纪宜张，还须招致旧臣，共图更始。〔外〕此言正合我意。

【前腔换头】虽则，暂总纲维，独肩弘巨，同心早晚协力。百尔臣工，安危须仗奇策。〔合〕欣得，南阳已自佳气满，好共把旧章重饬。〔外〕后营将官过来。〔末〕有。〔外〕你将这令箭一枝，榜示百官，限三日内，齐赴军前，共襄国事。〔合〕佐中兴升平泰运，景从云集。

〔外付令箭，末接介〕领钧旨。〔生、小生〕元帅在上，长安久无天日，士民渴仰圣颜。庶政以渐举行，銮舆必先反正。〔外〕二位所言，乃中兴大本也。本镇早已修下迎驾表文在此。

【前腔换头】目极，云蔽行宫，尘蒙西蜀，臣心夙夜难释。反正銮舆，群情方自归一。〔众共泣介〕〔合〕凄恻，无君久切人痛愤，愿早把圣颜重识。〔外〕前营将官过来。〔净〕有。〔外〕你将这令箭一枝，带领龙虎军士五千，备齐法驾，赍我表文，前往灵武，奉迎今上皇帝告庙。并候圣旨，遣官前往成都，迎请上皇回銮。〔净接令箭介〕领钧旨。〔外〕左右看香案过来，就此拜发表文。〔杂应、设香案，扭扮礼生上，赞礼〕〔外同四将拜表介〕〔合〕就军前瞻天仰圣，共尊明辟。

〔丑下〕〔净捧表文介〕〔四将〕小将等就此前去。

削平妖孽在斯须，　方　干
〔外〕依旧山河捧帝居。　皮日休
〔合〕听取满城歌舞曲，　杜　牧
风云长为护储胥。　李商隐

第三十六出　看　袜

【商调过曲·吴小四】〔老旦扮酒家妪上〕驿坡头，门巷幽，拾得娘娘锦袜收。开着店儿重卖酒，往来客人尽见投。聊度日，不用愁。

老身王嬷嬷，一向在这马嵬坡下，开个冷酒铺儿度日。自从安禄山作乱，人户奔逃。那时老身躲入驿内佛堂，只见梨树之下有锦袜一只，是杨娘娘遗下的。老身收藏到今，谁想是件至宝。如今郭元帅破贼收京，太平重见，老身仍旧开张酒铺在此。但是远近人家，闻得有锦袜的，都来铺中饮酒，兼求看袜。酒钱之外，另有看钱，生意十分热闹。〔笑介〕也算是老身交运了。今早铺设下店儿，想必有人来也。〔虚下〕〔小生巾、服行上〕

【中吕过曲·驻马听】翠辇西临，古驿千秋遗恨深。叹红颜断送，一似青冢荒凉，紫玉销沉。小生李謩，向因兵戈阻路，不能出京。如今渐喜太平，闻得马嵬坡下王嬷嬷酒店中，藏有贵妃锦袜一只，因此前往借观。呀，那边一个道姑来了。〔丑扮道姑上〕满目沧桑都换泪，空留锦袜与人看。〔见介〕〔小生〕姑姑何来？〔丑〕贫道乃金陵女贞观主，来京请藏，兵阻未归。今闻王嬷嬷店中，有杨娘娘锦袜，特来求看。〔小生〕原来也是看袜的，就请同行。〔同行介〕〔合〕玉人一去杳难寻，伤心野店留残锦。且买酒徐斟，暂时把玩端详审。

〔小生〕此间已是，不免径入。〔同作进介〕〔老旦迎上〕里面请坐。〔小生、丑作坐介〕〔外上〕老汉郭从谨，喜得兵戈宁息，要往华山进香。经过这马嵬坡下，走的乏了。有座酒店在此，且吃三杯前去。〔进介〕店主人取酒来。〔老旦〕有酒。〔外与小生、丑见介〕请了。〔小生向老旦介〕王嬷嬷，我等到此，一则饮酒，二则闻有太真娘娘的锦袜，要借一观。〔老旦笑介〕锦袜果有一只。只是老身呵，

【前腔】宝护深深，什袭收藏直至今。要使他香痕不减，粉泽常留，尘涴无侵。果然堪爱又堪钦，行人欲见争投饮。客官，只要不惜囊金，愿与君把玩端详审。

〔小生〕这个自然。我每酒钱之外，另有青蚨便了。〔老旦〕如此待老身去取来。〔虚下〕〔持袜上〕玉趾罢穿还带腻，罗巾深裹便闻香。客官，锦袜在此。请看。〔小生作接，展开同丑看介〕呀，你看锦文缜致，制度精工。光艳犹存，异香未散。真非人间之物也。

〔丑〕果然好香！〔外作饮酒不顾介〕〔小生作持袜起，看介〕

【驻云飞】你看薄衬香绵，似一朵仙云轻又软。昔在黄金殿，小步无人见。怜今日酒垆边，等闲携展。只见线迹针痕，都砌就伤心怨。可惜了绝代佳人绝代冤，空留得千古芳踪千古传。

〔外作恼介〕唉，官人，看他则甚！我想天宝皇帝，只为宠爱了贵妃娘娘，朝欢暮乐，弄坏朝纲。致使干戈四起，生民涂炭。老汉残年向尽，遭此乱离。今日见了这锦袜，好不痛恨也。

【前腔】想当日一捻新裁，紧贴红莲着地开，六幅湘裙盖，行动君先爱。唉，乐极惹非灾，万民遭害。今日里事去人亡，一物空留在。我蓦睹香袎重痛哀，回想颠危还泪揩。

〔老旦〕呀，这客官见了锦袜，为何着恼？敢是不肯出看钱么！〔外〕什么看钱？〔老旦〕原来是个村老儿，看钱也不晓得。〔小生〕些须小事，不必斗口。〔向丑介〕姑姑也请细观。〔向老旦介〕待小生一并送钱便了。〔递袜介〕〔丑接起看介〕唉，我想太真娘娘，绝代红颜，风流顿歇。今日此袜虽存，佳人难再。真可叹也。

【前腔】你看琐翠钩红，叶子花儿犹自工。不见双趺莹，一只留孤凤。空流落，恨何穷。马嵬残梦，倾国倾城，幻影成何用。莫对残丝忆旧踪，须信繁华逐晓风。

〔递袜与老旦介〕嬷嬷，我想太真娘娘，原是神仙转世。欲求喜舍此袜，带到金陵女贞观中，供养仙真。未知许否？〔老旦笑介〕老身无儿无女，下半世的过活都在这袜儿上。实难从命。〔小生〕小生愿出重价买去。如何？〔外〕这样遗臭之物，要他何用！〔老旦〕老身也不卖的。〔外作交钱介〕拿酒钱去。〔小生作交钱介〕我每看袜的钱，一总在此。〔老旦收介〕多谢了。

一醉风光莫厌频，　鲍溶
〔丑〕几多珠翠落香尘。　卢纶
〔小生〕惟留坡畔弯环月，　李益
〔外〕郊外喧喧引看人。　宋之问

第三十七出　尸　解

【正宫引子·梁州令】〔魂旦上〕风前荡漾影难留，叹前路谁投！死生离别两悠悠，人不见，情未了，恨无休。

【如梦令】绝代风流已尽，薄命不须重恨。情字怎消磨？一点嵌牢方寸。闲趁，闲趁，残月晓风谁问！我杨玉环鬼魂，自蒙土地给与路引，任我随风来往。且喜天不收，地不管，无拘无系，煞甚逍遥。只是再寻不到皇上跟前，重逢一面。〔悲介〕好不悲伤！今日且顺着风儿，看到那一处也。〔行介〕

【正宫过曲·雁鱼锦】【雁过声全】悄魂灵御风似梦游，路沉沉不辨昏和昼。经野树片时权栖宿，猛听冷烟中鸟啾啾，唬得咱早难自停留。青磷荒草浮，倩他照着我向前冥冥走。是何处殿角几重云影覆。〔看介〕呀，原来就是西宫门首了。不免进去一看。〔作欲进，二门神黑白面、金甲，执鞭、简上〕〔立高处介〕生前英勇安天下，死后威灵护殿门。〔举鞭、简拦旦介〕何方女鬼，不得擅入。〔旦出路引介〕奴家杨玉环，有路引在此。〔门神〕原来是杨娘娘。目今禄山被刺，庆绪奔逃，郭元帅扫清宫禁。只太上皇远在蜀中，新天子尚留灵武。因此大内寂无一人，宫门尽扃锁钥。娘娘请自进去，吾神回避。〔下〕〔旦作进介〕你看宫花都是断肠枝，帘幕无人窣地垂。行到画屏回合处，分明钗盒奉恩时。〔泪介〕〔场上先设宫中旧床帷、器物介〕【二犯渔家傲】【雁过声换头】踌躇，往日风流。【普天乐】〔作坐床介〕记盒钗初赐，种下这恩深厚。痴情共守，〔起介〕又谁知惨祸分离骤！唉，你看沉香亭、华萼楼都这般荒凉冷落也。〔作登楼介〕并没有人登画楼，并没有花开并头，【雁过声】并没有奏新讴，端的有，荒凉满目生愁！凄然，不由人泪流！呀，这里是长生殿了。我想起来，〔泪介〕〔场上先设长生殿乞巧香案介〕这壁厢是咱那日陈瓜果夜香来乞巧，那壁厢是他恁时向牛女凭肩私拜求。〔哭介〕我那皇上呵，怎能够霎时一见也！方才门神说，上皇犹在蜀中。不免闪出宫门，到渭桥之上，一望西川则个。〔行介〕【二犯倾杯序】【雁过声换头】凝眸，一片清秋，〔登桥介〕【渔家傲】望不见寒云远树峨眉秀。【倾杯序】苦忆蒙尘，影孤体倦。病马严霜，万里桥头，知他健否！纵然无恙，料也为咱消瘦。待我飞将过去。〔作飞，被风吹转介〕〔哭介〕哎哟，天呵！【雁过声】我只道轻魂弱魄飞能去，又谁知千水万山途转修。〔作看介〕呀，你看佛堂虚掩，梨树欹斜。怎么被风一吹，仍在马嵬驿内了！〔场上先设佛堂梨树介〕【喜渔灯犯】【喜渔灯】驿垣夜冷，一灯微漏。佛堂外，阴风四起。看月暗空厩，【朱奴儿】猛伤心泪垂。【玉芙蓉】对着这一株靠檐梨树幽，〔坐地泣介〕【渔家傲】这是我断香零玉沉埋处。好结果一场厮耨，空落得薄命名留。【雁过声】当日个红颜艳冶千金笑，今日里白骨抛残土半丘。我想生受深恩，死亦何悔。只是一段情缘，未能终始。此心耿耿，万劫难忘耳。【锦缠道犯】【锦缠道】谩回首，梦中缘花飞水流，只一点故情留。似春蚕到死尚把丝抽。剑门关离宫自愁，马嵬坡夜台空守，想一样恨悠悠。【雁过声】几时得金钗钿盒完前好，七夕盟香续断头！

〔副净上〕天边传敕使，泉下报幽魂。〔见介〕贵妃，有天孙娘娘赍捧玉旨到来，须索准备迎接。吾神先去也。〔旦〕多谢尊神。〔分下〕〔杂扮四仙女，执水盂、幡节，引贴捧敕上〕

【南吕引子·生査子】玉敕降天庭，鸾鹤飞前后。只为有情真，召取还蓬岫。

〔副净上，跪接介〕马嵬坡土地迎接娘娘。〔贴〕土地，杨妃魂灵何在？速召前来，听宣玉敕。〔副〕领法旨。〔下〕〔引旦去魂帕上，跪介〕〔贴宣敕介〕玉旨已到，跪听宣读。玉帝敕曰："咨尔玉环杨氏，原系太真玉妃，偶因微过，暂谪人间。不合迷恋尘缘，致遭劫难。今据天孙奏尔吁天悔过，夙业已消，真情可悯。准授太阴炼形之术，复籍仙班，仍居蓬莱仙院。钦哉谢恩。"〔旦叩头介〕圣寿无疆！〔见贴介〕天孙娘娘叩首。〔贴〕太真请起。前天宝十载七夕，我正渡河之际，见你与唐天子在长生殿上，密誓情深。昨又闻马嵬土地诉你悔过真诚，因而奏闻上帝，有此玉音。〔旦〕多谢娘娘提拔。〔贴取水盂，付副净介〕此乃玉液金浆。你可将去，同玉妃到坟前，沃彼原身，即得炼形度地，尸解上升了。炼毕之时，即备音乐、幡幢，送归蓬莱仙院。我先缴玉敕去也。〔副净〕领法旨。〔贴〕驾回双凤阙，云拥七襄衣。〔引仙女下〕〔副净〕玉妃恭喜，就请同到冢上去。〔副净捧水盂，引旦行介〕

【南吕过曲·香柳娘】往郊西道北，往郊西道北，只见一拳培塿，〔副净〕到了。

〔旦作悲介〕这便是我前生宿艳藏香薮。〔副净〕小神向奉西岳帝君敕旨，将仙体保护在此。待我去扶将出来。〔作向古门扶杂，照旦妆饰，扮旦尸锦褥包裹上〕〔副净解去锦褥，扶尸立介〕〔旦见作惊介〕看原身宛然，看原身宛然，紧紧合双眸，无言闭檀口。〔副净将水沃尸介〕把金浆点透，把金浆点透，神光面浮，〔尸作开眼介〕〔旦〕秋波忽溜。

〔尸作手足动，立起向旦走一二步介〕〔旦惊介〕呀，

【前腔】果霎时再活，果霎时再活，向前移走，觑形模与我无妍丑。〔作迟疑介〕且住，这个杨玉环已活，我这杨玉环却归何处去？〔尸作忽走向旦，旦作呆状，与尸对立介〕〔副净拍手高叫介〕玉妃休迷，他就是你，你就是他。〔指尸向旦介〕这躯壳是伊，〔指旦向尸介〕这魂魄是伊，真性假骷髅，当前自分剖。〔尸逐旦绕场急奔一转，旦扑尸身作跌倒，尸隐下〕〔副净〕看元神入彀，看元神入彀，似灵胎再投，双环合凑。

【前腔】〔旦作起，立定徐唱介〕乍沉沉梦醒，乍沉沉梦醒，故吾失久，形神忽地重圆就。猛回思惘然，猛回思惘然，现在自庄周，蝴蝶复何有。我杨玉环，不意今日冷骨重生，离魂再合。真谢天也！似亡家客游，似亡家客游，归来故丘，室庐依旧。

土地请上，待吾拜谢。〔副净〕小神不敢。〔旦拜，副净答拜介〕〔旦〕

【前腔】谢经年护持，谢经年护持，保全枯朽，更断魂落魄蒙帡覆。〔副净〕音乐、幡幢已备，候送玉妃归院。〔旦欲行又止介〕且住，我如今尸解去了，日后皇上回銮，毕竟要来改葬。须留下一物在此，做个记验才好。土地，你可将我裹身的锦褥，依旧埋在冢中，不可损坏。〔副净〕领仙旨。〔作取褥，褥作飞下介〕〔副净看介〕呀，奇哉，奇哉！那锦褥化作一片彩云，竟自腾空飞去了。〔旦看介〕哦，是了。方才炼形之时，那锦褥也沾着金浆，故此得了仙气。化飞空彩云，化飞空彩云，也似学仙游，将何更留后。我想金钗、钿盒，是要随身紧守的，此外并无他物。〔想介〕哦，也罢，我胸前有锦香囊一个，乃翠盘试舞之时，皇上所赐。不免解来留下便了。〔作解香囊看介〕解香囊在手，解香囊在手，〔悲介〕他日君王见收，索强似人难重觏。

〔将香囊付副净介〕土地，你可将此香囊，放在冢内。〔副净接介〕领仙旨。〔虚下，即上〕启娘娘：香囊已放下了。〔杂扮四仙女，音乐、幡幢上〕〔见旦介〕蓬莱山太真院中仙姬叩见。请娘娘更衣归院。〔内作乐，旦作更仙衣介〕〔副净〕小神候送。〔旦〕请回。〔副下，仙女、旦行介〕

【单调风云会】【一江风】指瀛洲，云气空蒙覆，金碧开群岫。【驻云飞】嗏，仙家岁月悠，与情同久。情到真时，万劫还难朽。牢把金钗钿盒收，直到蓬山顶上头。〔从高处行下〕

销耗胸前结旧香，　张　祜
多情多感自难忘。　陆龟蒙
蓬山此去无多路，　李商隐
天上人间两渺茫。　曹　唐

第三十八出　弹　词

〔末白须，旧衣帽抱琵琶上〕一从鼙鼓起渔阳，宫禁俄看蔓草荒。留得白头遗老在，谱将残恨说兴亡。老汉李龟年，昔为内苑伶工，供奉梨园。蒙万岁爷十分恩宠。自从朝元阁教演《霓裳》曲成奏上，龙颜大悦。与贵妃娘娘，各赐缠头，不下数万。谁想禄山造反，破了长安。圣驾西巡，万民逃窜。俺每梨园部中，也都七零八落，各自奔逃。老汉来到江南地方，盘缠都使尽了。只得抱着这面琵琶，唱个曲儿糊口。今日乃青溪鹫峰寺大会。游人甚多，不免到彼卖唱。〔叹科〕哎，想起当日天上清歌，今日沿门鼓板，好不颓气人也。〔行科〕

【南吕·一枝花】不提防余年值乱离，逼拶得岐路遭穷败。受奔波风尘颜面黑，叹衰残霜雪鬓须白。今日个流落天涯，只留得琵琶在。揣羞脸上长街又过短街。那里是高渐离击筑悲歌，倒做了伍子胥吹箫也那乞丐。

【梁州第七】想当日奏清歌趋承金殿，度新声供应瑶阶。说不尽九重天上恩如海：幸温泉骊山雪霁，泛仙舟兴庆莲开，玩婵娟华清宫殿，赏芳菲花萼楼台。正担承雨露深泽，蓦遭逢天地奇灾：剑门关尘蒙了凤辇鸾舆，马嵬坡血污了天姿国色。江南路哭杀了瘦骨穷骸。可哀落魄，只得把《霓裳》御谱沿门卖，有谁人喝声采！空对着六代园陵草树埋，满目兴衰。

〔虚下〕〔小生巾服上〕花动游人眼，春伤故国心。《霓裳》人去后，无复有知音。小生李謩，向在西京留滞，乱后方回。自从宫墙之外，偷按《霓裳》数叠，未能得其全谱。昨闻有一老者，抱着琵琶卖唱。人人都说手法不同，像个梨园旧人。今日鹫峰寺大会，想他必在那里。不免前去寻访一番。一路行来，你看游人好不盛也！〔外巾服，副净衣帽，净长帽、帕子包首，扮山西客，携丑扮妓上〕〔外〕闲步寻芳惜好春，〔副净〕且看胜会逐游人。〔净〕大姐，咱和你“及时行乐休空过”。〔丑〕客官，“好听琵琶一曲新”。〔小生向副净科〕老兄请了。动问这位大姐，说甚么“琵琶一曲新”？〔副净〕老兄不知，这里新到一个老者，弹得一手好琵琶。今日在鹫峰寺赶会，因此大家同去一听。〔小生〕小生正要去寻他，同行何如！〔众〕如此极好。〔同行科〕行行去去，去去行行，已到鹫峰寺了。就此进去。〔同进科〕〔副净〕那边一个圈子，四围板凳，想必是波。我每一齐捱进去，坐下听者。〔众作坐科〕〔末上见科〕列位请了，想都

是听曲的。请坐了，待在下唱来请教波。〔众〕正要领教。〔末弹琵琶唱科〕

【转调货郎儿】唱不尽兴亡梦幻，弹不尽悲伤感叹，大古里凄凉满眼对江山。我只待拨繁弦传幽怨，翻别调写愁烦，慢慢的把天宝当年遗事弹。

〔外〕《天宝遗事》，好题目波！〔净〕大姐，他唱的是甚么曲儿，可就是咱家的西调么？〔丑〕也差不多儿。〔小生〕老丈，天宝年间遗事，一时那里唱得尽者。请先把杨贵妃娘娘，当时怎生进宫，唱来听波。〔末弹唱科〕

【二转】想当初庆皇唐太平天下，访丽色把蛾眉选刷。有佳人生长在弘农杨氏家，深闺内端的玉无瑕。那君王一见了欢无那，把钿盒金钗亲纳，评跋做昭阳第一花。

〔丑〕那贵妃娘娘，怎生模样波？〔净〕可有咱家大姐这样标致么？〔副净〕且听唱出来者。〔末弹唱科〕

【三转】那娘娘生得来仙姿佚貌，说不尽幽闲窈窕。真个是花输双颊柳输腰，比昭君增妍丽，较西子倍风标，似观音飞来海峤，恍嫦娥偷离碧霄。更春情韵饶，春酣态娇，春眠梦悄。总有好丹青，那百样娉婷难画描。

〔副净笑科〕听这老翁说的杨娘娘标致，恁般活现，倒像是亲眼见的，敢则谎也。〔净〕只要唱得好听，管他谎不谎。那时皇帝怎么样看待他来，快唱下去者。〔末弹唱科〕

【四转】那君王看承得似明珠没两，镇日里高擎在掌。赛过那汉宫飞燕倚新妆，可正是玉楼中巢翡翠，金殿上锁着鸳鸯，宵偎昼傍。直弄得个伶俐的官家颠不剌、懵不剌，撇不下心儿上。弛了朝纲，占了情场，百支支写不了风流帐。行厮并，坐厮当。双，赤紧的倚了御床，博得个月夜花朝同受享。

〔净倒科〕哎呀，好快活，听的咱似雪狮子向火哩！〔丑扶科〕怎么说？〔净〕化了。〔众笑科〕〔小生〕当日宫中有《霓裳羽衣》一曲，闻说出自御制，又说是贵妃娘娘所作，老丈可知其详？请唱与小生听咱。〔末弹唱科〕

【五转】当日呵，那娘娘在荷庭把宫商细按，谱新声将《霓裳》调翻。昼长时亲自教双鬟。舒素手，拍香檀，一字字都吐自朱唇皓齿间。恰便似一串骊珠声和韵闲，恰便似莺与燕弄关关，恰便似鸣泉花底流溪涧，恰便似明月下泠泠清梵，恰便似缑岭上鹤唳高寒，恰便似步虚仙佩夜珊珊。传集了梨园部、教坊班，向翠盘中高簇拥着个娘娘，引得那君王带笑看。

〔小生〕一派仙音，宛然在耳，好形容波！〔外叹科〕哎，只可惜当日天子宠爱了贵妃，朝欢暮乐，致使渔阳兵起。说起来令人痛心也！〔小生〕老丈，休只埋怨贵妃娘娘。当日只为误任边将，委政权奸，以致庙谟颠倒，四海动摇。若使姚、宋犹存，那见得有此。〔外〕这也说的是波。〔末〕嗨，若说起渔阳兵起一事，真是天翻地覆，惨目伤心。列位不嫌絮烦，待老汉再慢慢弹唱出来者。〔众〕愿闻。〔末弹唱科〕

【六转】恰正好呕呕哑哑《霓裳》歌舞，不提防扑扑突突渔阳战鼓。刬地里出出律律纷纷攘攘奏边书，急得个上上下下都无措。早则是喧喧嗾嗾、惊惊遽遽、仓仓卒卒、挨挨挤挤出延秋西路，銮舆后携着个娇娇滴滴贵妃同去。又只见密密匝匝的兵，恶恶狠狠的语，闹闹炒炒、轰轰剨剨四下喳呼，生逼散恩恩爱爱、疼疼热热帝王夫妇。霎时间画就了这一幅惨惨凄凄绝代佳人绝命图。

〔外、副净同叹科〕〔小生泪科〕哎，天生丽质，遭此惨毒。真可怜也！〔净笑科〕这是说唱，老兄怎么认真掉下泪来！〔丑〕那贵妃娘娘死后，葬在何处？〔末弹唱科〕

【七转】破不剌马嵬驿舍，冷清清佛堂倒斜。一代红颜为君绝，千秋遗恨滴罗巾血。半棵树是薄命碑碣，一抔土是断肠墓穴。再无人过荒凉野，莽天涯谁吊梨花谢！可怜那抱幽怨的孤魂，只伴着呜咽咽的望帝悲声啼夜月。

〔外〕长安兵火之后，不知光景如何？〔末〕哎呀！列位，好端端一座锦绣长安，自被禄山破陷，光景十分不堪了。听我再弹波。〔弹唱科〕

【八转】自銮舆西巡蜀道，长安内兵戈肆扰。千官无复紫宸朝，把繁华顿消，顿消。六宫中朱户挂蟏蛸，御榻傍白日狐狸啸。叫鸱鸮也么哥，长蓬蒿也么哥。野鹿儿乱跑，苑柳宫花一半儿凋。有谁人去扫，去扫！玳瑁空梁燕泥儿抛，只留得缺月黄昏照。叹萧条也么哥，梁腥臊也么哥！染腥臊，玉砌空堆马粪高。

〔净〕呸！听了半日，饿得慌了。大姐，咱和你喝烧刀子，吃蒜包儿去。〔做腰边解钱与末，同丑诨下〕〔外〕天色将晚，我每也去罢。〔送银科〕酒资在此。〔末〕多谢了。〔外〕无端唱出兴亡恨，〔副净〕引得傍人也泪流。〔同外下〕〔小生〕老丈，我听你这琵琶，非同凡手。得自何人传授？乞道其详。〔末〕

【九转】这琵琶曾供奉开元皇帝，重提起心伤泪滴。〔小生〕这等说起来，定是梨园部内人了。〔末〕我也曾在梨园籍上姓名题，亲向那沉香亭花里去承值，华清宫宴上去追随。〔小生〕莫不是贺老？〔末〕俺不是贺家的怀智。〔小生〕敢是黄旛绰？〔末〕黄旛绰同咱皆老辈。〔小生〕这等想必是雷海青？〔末〕我虽是弄琵琶却不姓雷。他呵，骂逆贼久已身死名垂。〔小生〕这等，想必是马仙期了。〔末〕我也不是擅场方响马仙期，那些旧相识都休话起。〔小生〕因何来到这里？〔末〕我只为家亡国破兵戈沸，因此上孤身流落在江南地。〔小生〕毕竟老丈是谁波？〔末〕您官人絮叨叨苦问俺为谁，则俺老伶工名唤做龟年身姓李。

〔小生揖科〕呀，原来却是李教师。失瞻了。〔末〕官人尊姓大名，为何知道老汉？〔小生〕小生姓李，名謩。〔末〕莫不是吹铁笛的李官人么？〔小生〕然也。〔末〕幸会，幸会。〔揖科〕〔小生〕请问老丈，那《霓裳》全谱可还记得波？〔末〕也还记得，官人为何问他？〔小生〕不瞒老丈说，小生性好音律，向客西京。老丈在朝元阁演习《霓裳》之时，小生曾傍着宫墙，细细窃听。已将铁笛偷写数段。只是未得全谱，各处访求，无有知者。今日幸遇老丈，不识肯赐教否？〔末〕既遇知音，何惜末技。〔小生〕如此多感，请问尊寓何处？〔末〕穷途流落，尚乏居停。〔小生〕屈到舍下暂住，细细请教何如？〔末〕如此甚好。

【煞尾】俺一似惊乌绕树向空枝外，谁承望做旧燕寻巢入画栋来。今日个知音喜遇知音在，这相逢，异哉！恁相投，快哉！李官人呵，待我慢慢的传与你这一曲《霓裳》播千载。

〔末〕　桃蹊柳陌好经过，　　张　籍
〔小生〕聊复回车访薜萝。　　白居易
〔末〕　今日知音一留听，　　刘禹锡
〔小生〕江南无处不闻歌。　　顾　况

第三十九出　私　祭

【南吕引子·小女冠子】〔老旦、贴道扮同上〕〔老旦〕旧时云髻抛宫样，〔贴〕依古观共焚香。〔合〕叹夜来风雨催花葬，洗心好细翻经藏。

〔老旦〕寂寂云房掩竹扃，〔贴〕春泉漱玉响泠泠。〔老旦〕舞衣施尽余香在，〔贴〕日向花前学诵经。〔老旦〕吾乃天宝旧宫人永新是也。与念奴妹子，逃难出宫。直至金陵，在女贞观中做了女道士。且喜十分幽静，尽可修持。此间观主，昨自西京，购请《道藏》回来。今日天气晴和，着我二人检晒经函。且索细细翻阅则个。〔场上先设经桌，老旦、贴同作翻介〕

【双调过曲·孝南枝】【孝顺歌】金函启，玉案张，临风细翻春昼长。只见尘影弄晴光，灵花满空降。〔老旦〕想当日在宫中，听娘娘教白鹦哥念诵《心经》。若是早能学道，倒也免了马嵬之难。〔贴〕那热闹之时，那个肯想到此。〔老旦〕便是。昨日听得观主说，马嵬坡酒家拾得娘娘锦袜一只，还有游人出钱求看哩，何况生前！〔合〕枉了雪衣提唱。是色非空，谁观法相。【锁南枝】赢得锦袜香残，犹动行人想。〔杂扮道姑捧茶上〕玉经日下晒，香茗雨前烹。二位仙姑，检经困乏了，观主教我送茶在此。〔老旦、贴〕劳动了。〔作饮茶介〕〔杂〕呵呀，一片黑云起来，要下雨哩。〔老旦、贴〕快把经函收拾罢。〔作收拾介〕〔杂〕你看莺乱飞，草正芳，恰好应清明，雨漂荡。

〔下〕〔场上收经桌介〕〔老旦〕不是小道姑说起，倒忘了今日是清明佳节哩。此时家家扫墓，户户烧钱。妹子，我与你向受娘娘之恩，无从报答。就把一陌纸钱，一杯清茗，遥望长安哭奠一番。多少是好。〔贴〕姐姐，这是当得的，待我写个牌位儿供养。〔作写位供介〕〔同拜哭介〕娘娘呵，

【前腔】想着你恩难罄，恨怎忘，风流陡然没下场。那里是西子送吴亡，错冤做宗周为褒丧。〔贴〕呀，庭下牡丹，雨中开了一朵。此花最是娘娘所爱，不免折来供在位前。〔合〕名花无恙，倾国佳人先归黄壤。总有麦饭香醪，浇不到孤坟上。〔哭叫介〕我那娘娘嗄，只落得望断眸，叫断肠，泪如泉，哭声放！

〔暗下〕

【锁南枝】〔末行上〕江南路，偶踏芳，花间雨过沾客裳。老汉李龟年，幸遇李暮官人，相留在家。今日清明佳节，出门闲步一回。却好撞着风雨。懊恨故国云迷，白首低难望。且喜一所道院在此，不免进去避雨片时。〔作进介〕松影闲，鹤唳长，且自暂徘徊石坛上。

你看座列群真，经藏万卷，好不庄严也！〔作看牌念介〕皇唐贵妃杨娘娘灵位。〔哭介〕哎哟，杨娘娘，不想这里颠倒有人供养！〔拜介〕

【前腔换头】一朝把身丧，千秋抱恨长。〔老旦、贴一面上〕那个啼哭？〔作看惊介〕这人好似李师父的模样，怎生到此？〔末〕恨杀六军跋扈，生逼得君后分离，奇变惊天壤。可怜小人李龟年，〔老旦、贴〕原来果是李师父，〔末〕不能够逢令节，奠一觞，没揣的过仙宫，拜灵爽。

〔老旦、贴出见介〕李师父，弟子每稽首。〔末〕姑姑是谁？〔作惊认介〕呀，莫非永、念二娘子么？〔老旦、贴〕正是。〔各泪介〕〔末〕你两个几时到此？〔老旦、贴〕师父请坐。我每去年逃难南来，出家在此。师父因何也到这里？〔末〕我也因逃难，流落江南。前在鹫峰寺中，遇着李暮官人，承他款留到家，不想又遇你二人。〔老旦、贴〕那个李暮官人？〔末〕说起也奇。当日我与你每，在朝元阁上演习《霓裳》。不想这李官人，就在宫墙外面窃听。把铁笛来偷记新声数段。如今要我传授全谱，故此相留。〔老旦、贴悲介〕唉，《霓裳》一曲倒得流传，不想制谱之人已归地下，连我每演曲的也都流落他乡。好伤感人也！〔各悲介〕〔老旦、贴〕

【供玉枝】【五供养】言之痛伤，记侍坐华清，同演《霓裳》。玉纤抄秘谱，檀口教新腔。【玉交枝】他今日青青墓头新草长，我飘飘陌路杨花荡。【五供养】〔合〕蓦地相逢处各沾裳，【月上海棠】白首红颜，对话兴亡。

〔末〕且喜天色晴霁，我告辞了。〔老旦、贴〕且自消停。请问师父，梨园旧人，都怎么样了？〔末〕贺老与我同行，途中病故；黄旛绰随驾去了；马仙期陷在城中，不知下落；只有雷海青骂贼而死。

【前腔】追思上皇，泽遍梨园，若个能偿！〔泣介〕那雷老呵，他忠魂昭白日，羞杀我遗老泣斜阳。〔老旦、贴〕师父，可晓得秦、虢二夫人都被乱兵杀死了？〔末〕便是。朱门丽人都可伤，长安曲水谁游赏？〔合〕蓦地相逢处各沾裳。白首红颜，对话兴亡。

〔老旦、贴〕不知万岁爷，何日回銮？〔末〕李官人向在西京，近因郭元帅复了长安，兵戈宁息，方始得归。想上皇不日也就回銮了。〔老旦、贴〕如此，谢天地。〔末〕日晚途遥，就此去了。〔老旦、贴〕待与娘娘焚了纸钱，素斋少叙。

〔末〕　南来今只一身存，　韩　愈
〔老、贴〕新换霓裳月色裙。　王　建
〔末〕　人世几回伤往事，　刘禹锡
〔老、贴〕落花时节又逢君。　杜　甫

第四十出 仙 忆

【南吕引子·挂真儿】〔旦扮仙、老旦扮仙女随上〕驾鹤骖鸾去不返，空回首天上人间。端正楼头，长生殿里，往事关情无限。

【浣溪纱】缥缈云深锁玉房，初归仙籍意茫茫。回头未免费思量。忽见瑶阶琪树里，彩鸾栖处影双双。几番抛却又牵肠。我杨玉环，幸蒙玉旨，复位仙班，仍居蓬莱山太真院中。只是定情之物，身不暂离；七夕之盟，心难相负。提起来好不话长也！

【高平过曲·九回肠】【解三酲】没奈何一时分散，那其间多少相关！死和生割不断情肠绊，空堆积恨如山。他那里思牵旧缘愁不了，俺这里泪滴残魂血未干，空嗟叹。【三学士】不成比目先遭难，拆鸳鸯说甚仙班。〔出钗盒看介〕看了这金钗钿盒情犹在，早难道地久天长盟竟寒。【急三枪】何时得，青鸾便，把缘重续，人重会，两下诉愁烦！

〔贴上〕试上蓬莱山顶望，海波清浅鹤飞来。自家寒簧，奉月主娘娘之命，与太真玉妃索取《霓裳》新谱。来此已是，不免径入。〔进见介〕玉妃，稽首。〔旦〕仙子何来？〔贴笑介〕玉妃还认得我寒簧么？〔旦想介〕哦，莫非是月中仙子？〔贴〕然也。〔旦〕请坐了。〔贴坐介〕〔旦〕梦中一别，不觉数年。今日远临，乞道来意。〔贴〕玉妃听启：

【清商七犯】【簇御林】只为《霓裳》乐，在广寒，羡灵心，将谱细翻。特奉月主娘娘之命，【莺啼序】访知音远叩蓬山，借当年图谱亲看。〔旦〕原来为此。当日幸从梦里获听仙音，虽然摹入管弦，尚愧依稀错误。【高阳台】何烦蟾宫谬把遗调拣，我寻思起转自潸潸。〔泪介〕〔贴〕呀，玉妃为何掉下泪来？〔旦〕【降黄龙】痛我历劫遭磨，宫冷商残，【二郎神】朱弦已断，羞将此调重弹。烦仙子转奏月主，说我尘凡旧谱，不堪应命。伏乞矜宥。〔贴〕玉妃休得固拒，我月主娘娘啊，慕你聪明绝世罕，【集贤宾】度新声，占断人间。求观恨晚，休辜负云中青盼。〔旦〕既蒙月主下访，前到仙山，偶然追忆，写出一本在此。〔贴〕如此甚好。〔旦〕侍儿，可去取来。〔老应下，取上〕谱在此。〔旦接介〕仙子，谱虽取到，只是还须誊写才好。〔贴〕为何？〔旦〕你看呵，【黄莺儿】字阑珊，模糊断续，都染就泪痕斑。

〔贴〕这却不妨。〔旦付谱介〕如此，即烦呈上月主，说梦中窃记，音节多讹，还求改正。〔贴〕领命，就此告别。〔贴持谱下〕〔旦〕侍儿闭上洞门，随我进来。〔老应随下〕

〔贴〕从初直到曲成时，　　王　建
〔旦〕争得姮娥子细知。　　唐彦谦
〔贴〕莫怪殷勤悲此曲，　　刘禹锡
〔旦〕月中流艳与谁期？　　李商隐

第四十一出 见 月

【仙吕入双调过曲·双玉供】【玉胞肚】〔杂扮四将、二内侍，引生骑马、丑随行上〕〔合〕重华迎待，促归程把回銮仗排。离南京不听鹃啼，怕西京尚有鸿哀。

【五供养】喜山河未改，复睹这皇图风采。〔众百姓上，跪接介〕扶风百姓迎接老万岁爷。〔生〕生受你每，回去罢。〔百姓叩头呼“万岁”下〕〔生众行介〕【玉胞肚】纷纷父老竞拦街，叩首齐呼“万岁”来。

〔丑〕启万岁爷：天色已晚，请銮舆就在凤仪宫驻跸。〔生下马介〕众军士：外厢伺候。〔军〕领旨。〔下〕〔生进介〕高力士，此去马嵬，还有多少路？〔丑〕只有一百多里了。〔生〕前已传旨，令该地方官建造妃子新坟，你可星夜前往，催督工程，候朕到时改葬。〔丑〕领旨。暂辞凤仪去，先向马嵬行。〔下〕〔内侍暗下〕〔生〕西川出狩乍东归，驻跸离宫对夕晖。记得去年尝麦饭，一回追想一沾衣。寡人自幸蜀中，不觉一载有余。幸喜西京恢复，回到此间。你看离宫寥寂，暮景苍凉。好伤感人也！

【摊破金字令】黄昏近也，庭院凝微霭；清宵静也，钟漏沉虚籁。一个愁人有谁偢睬，已自难消难受，那堪墙外，又推将这轮明月来。寂寂照空阶，凄凄浸碧苔。独步增哀，双泪频揩，千思万量没布摆。

寡人对着这轮明月，想起妃子冷骨荒坟，愈觉伤心也！

【夜雨打梧桐】霜般白，雪样皑，照不到冷坟台。好伤怀，独向婵娟陪待。蓦地回思当日，与你偶尔离开，一时半刻也难打捱，何况是今朝永隔幽冥界。〔泣介〕我那妃子呵，当初与你钗、盒定情，岂料遂为殉葬之物。欢娱不再，只这盒钗，怎不向人间守，翻教地下埋。

〔叹介〕咳，妃子，妃子，想你生前音容如昨，教我怎么忘记也！

【摊破金字令换头】休说他娇嚬妍笑，风流不复偕，就是赪颜微怒，泪眼慵抬，便千金何处买。纵别有佳人，一般姿态，怎似伊情投意解，恰可人怀。思量到此呆打孩。我想妃子既殁，朕此一身虽生犹死，倘得死后重逢，可不强如独活。孤独愧形骸，余生死亦该。惟只愿速离尘埃，早赴泉台，和伊地中将连理栽。

見月

记得当年七夕，与妃子同祝女牛，共成密誓。岂知今宵月下，单留朕一人在此也！

【夜雨打梧桐】长生殿，曾下阶，细语倚香腮。两情谐，愿结生生恩爱。谁想那夜双星同照，此夕孤月重来。时移境易人事改。月儿，月儿，我想密誓之时，你也一同听见的！记鹊桥河畔，也有你姮娥在，如何厮赖！索应该攛掇他牛和女，完成咱盒共钗。

〔内侍上〕夜色已深，请万岁爷进宫安息。

〔生〕银河漾漾月辉辉， 崔 橹
万乘凄凉蜀路归。 崔道融
香散艳消如一梦， 王 道
离魂渐逐杜鹃飞。 韦 庄

第四十二出 驿 备

【越调过曲·梨花儿】〔副净扮驿丞上〕我做驿丞没偈侸，缺供应付常吃打。今朝驾到不是耍，嗏，若有差迟便拿去杀。

自家马嵬驿丞，从小衙门办役。考了杂职行头，挖选马嵬大驿。虽然陆路冲繁，却喜津贴饶溢。送分例，落下些折头；造销算，开除些马匹。日支正项俸薪，还要月扣衙门工食。怕的是公吏承差，吓的是徒犯驿卒。求买免，设定常规；比月钱，百般威逼。及至摆站缺人，常把屁都急出。今更有大事临头，太上皇来此驻跸。连忙唤各色匠人，将驿舍周围收拾，又因改葬贵妃娘娘，重把坟茔建立。恐土工窥见玉体，要另选女工四百。报道高公公已到，催办工程紧急。若还误了些儿，〔弹纱帽介〕怕此头要短一尺。〔末扮驿卒上〕〔见介〕老爹，我已将各匠催齐，你放心，不须忧戚。〔副净〕还有女工呢？〔末〕现有四百女工，都在驿门齐集。〔副净〕快唤进来。〔末唤介〕女工每走动。〔贴、净、杂扮村妇，丑短须女扮，各携锹锄上〕本是村庄妇，来充埋筑人。〔见介〕女工每叩头。〔末〕起来点名。〔副净点介〕周二妈。〔净应〕〔副净〕吴姥姥。〔贴应〕〔副净〕郑胖姑。〔杂应〕〔副净〕尤大姐。〔丑掩口作娇声应介〕〔副净作细看介〕咦，怎么这个女工掩着了嘴答应，一定有些蹊跷。驿子与我看来。〔末应扯丑手开看介〕老爹，是个胡子。〔副净〕是男，是女？〔丑〕是女。〔副净〕女人的胡子，那里有生在嘴上的，我不信。驿子，再把他裤裆里搜一搜。〔末应作搜丑，诨介〕老爹，这胡子是假充女工的。〔副净〕哎呀，了不得，这是上用钦工，非同小可。亏得我老爹精细，若待皇帝看见，险些把我这颗头，断送在你胡子嘴上了。好打，好打！〔丑〕只因老爹这里催得紧，本村凑得三百九十九名，单单少了一名，故此权来充数，明日另换便了。〔副净〕也罢，快打出去！〔末应，打丑下〕〔副净看众笑介〕如今我老爹疑心起来，只怕连你每也不是女人哩。〔众笑介〕我每都是女人。〔副净〕口说无凭，我老爹只要用手来大家摸一摸，才信哩。〔作捞摸，众作躲避走笑介〕〔净〕笑你老爹好长手，〔杂〕刚刚摸着一个鬏髿帚。〔副净〕弄了一手白鲞香，〔贴〕拿去房中好下酒。〔诨介〕〔老旦一面上〕欲将锦袜献天子，权把铧锹充女工。老身王嬷嬷，自从拾得杨娘娘锦袜，过客争求一看，赚了许多钱钞。目今闻说老万岁爷回来，一则收藏禁物，恐有祸端；二则将此锦袜献上，或有重赏，也未可知。恰好驿中佥报女工，要去搀上一名。葬完就好进献，来此已是驿前了。〔末上见介〕你这老婆子，那里来的？〔老旦〕来投充女工的。〔末〕住着。〔进介〕老爹，有一个投充女工的老婆子在外。〔副净〕唤进来。〔末出，唤老旦进见介〕〔副净〕你是投充女工的么？〔老旦〕正是。〔副净〕我看你年纪老了些，怕做不得工。只是现少一名，急切里没有人，就把你顶上罢。你叫甚名字？〔老旦〕叫做王嬷嬷。〔副净〕好，好！恰好周、吴、郑、王四人。你四人就做个工头，每一人管领女工九十九人。住在驿中操演，伺候驾到便了。〔众〕晓得。〔做各见诨介〕〔副净〕你每各拿了锹锄，待我老爹亲自教演一番。〔众应各拿锹锄，副净作教演势，众学介〕〔副净〕

【亭前柳】锹镢手中拿，挖掘要如法。莫教侵玉体，仔细拨黄沙。〔合〕大家，演习须熟滑，此奉钦遵，切休得有争差。

〔众〕老爹，我每呵，

【前腔】田舍业桑麻，惯见弄泥沙。小心齐用力，怎敢告消乏！〔合〕大家，演习须熟滑，此奉钦遵，切休得有争差。

〔副净〕且到里边连夜操演去。〔众应介〕

玉颜虚掩马嵬尘，　　高　骈
云雨虽亡日月新。　　郑　畋
晓向平原陈祭礼，　　方　干
共瞻銮驾重来巡。　　僧广宣

第四十三出　改　葬

【商调引子·忆秦娥】〔生引二内侍上〕伤心处，天旋日转回龙驭；回龙驭，踟蹰到此，不能归去。

寡人自蜀回銮，痛伤妃子仓卒捐生，未成礼葬。特传旨另备珠襦玉匣，改建坟茔，待朕亲临迁葬，因此驻跸马嵬驿中。〔泪介〕对着这佛堂梨树，好凄惨人也！

【商调过曲·山坡羊】恨悠悠江山如故，痛生生游魂血污。冷清清佛堂半间，绿阴阴一本梨花树。空自吁，怕夜台人更苦。那里有佩环夜月归朱户，也慢想颜面春风识画图。〔丑暗上〕〔见介〕奴婢奉旨，筑造贵妃娘娘新坟，俱已齐备。请万岁爷亲临启墓。〔生〕传旨起驾。〔丑〕领旨。〔传介〕军士每，排驾。〔杂扮军士上，引行介〕马嵬坡下泥土中，不见玉容空死处。〔到介〕〔丑〕启万岁爷：这白杨树下，就是娘娘埋葬之处了。〔生〕你看蔓草春深，悲风日薄。妃子，妃子，兀的不痛杀寡人也。〔哭介〕号呼，叫声声魂在无？欷歔，哭哀哀泪渐枯。

〔老旦、杂、贴、净四女工带锄上〕〔老旦〕老万岁爷来了。我每快些前去，伺候开坟。〔丑〕你每都是女工么？〔众应介〕〔丑启生介〕女工每到齐了。〔生〕传旨，军士回避。高力士，你去监督女工，小心开掘。〔丑应传介〕〔军士下〕〔众女工作掘介〕〔众〕

【水红花】向高冈一谜下锹锄，认当初，白杨一树。怕香销翠冷伴蚍蜉，粉肌枯，玉容难睹。〔众惊介〕掘下三尺，只有一个空穴，并不见娘娘玉体！早难道为云为雨，飞去影都无，但只有芳香四散袭人裾也啰。

〔净〕呀，是一个香囊。〔丑〕取来看。〔净递囊，丑接看哭介〕我那娘娘呵，你每且到那厢伺候去。〔众应下〕〔丑启生介〕启万岁爷：墓已启开，却是空穴。连裹身的锦褥和殉葬的金钗、钿盒都不见了。只有一个香囊在此。〔生〕有这等事。〔接囊看大哭介〕呀，这香囊乃当日妃子生辰，在长生殿上试舞《霓裳》，赐与他的。我那妃子呵，你如今却在何处也！

【山坡羊】惨凄凄一匡空墓，杳冥冥玉人何去？便做虚飘飘锦褥儿化尘，怎那硬撑撑钗盒也无寻处。空剩取香囊犹在土，寻思不解缘何故，恨不得唤起山神责问渠。〔想介〕高力士，你敢记差了么？〔丑〕奴婢当日，曾削杨树半边，题字为记。如何得差？〔生〕敢是被人发掘了？〔丑〕若经发掘，怎得留下香囊？〔生呆想不语介〕〔丑〕奴婢想来，自古神仙多有尸解之事。或者娘娘尸解仙去，也未可知。即如桥山陵寝，止葬黄帝衣冠。这香囊原是娘娘临终所佩，将来葬入新坟之内，也是一般了。〔生〕说的有理。高力士，就将这香囊裹以珠襦，盛以玉匣，依礼安葬便了。〔丑〕领旨。〔生哭介〕

号呼，叫声声魂在无？欷歔，哭哀哀泪渐枯。

〔丑持囊出介〕〔作盛囊入匣介〕香囊盛放停当，女工每那里！〔众上〕〔丑〕你每把这玉匣，放在墓中，快些封起坟来。〔众作筑坟介〕

【水红花】当时花貌与香躯，化虚无，一抔空墓；今朝玉匣与珠襦，费工夫，重泉深锢。更立新碑一统，细把泪痕书。从今流恨满山隅也啰。

〔丑〕坟已封完，每人赏钱一贯。去罢。〔众谢赏，叩头介〕〔净、贴、杂先下〕〔丑问老旦介〕你这婆子，为何不去？〔老旦〕禀上公公：老妇人旧年在马嵬坡下，拾得杨娘娘锦袜一只，带来献上老万岁爷。〔丑〕待我与你启奏。〔见生介〕启万岁爷：有个女工，说拾得杨娘娘锦袜一只，带来献上。〔生〕快宣过来。〔丑唤老旦进见介〕婢子叩见老万岁爷。〔献袜介〕〔生〕取上来。〔丑取送生介〕〔老旦起立介〕〔生看哭介〕呀，果然是妃子的锦袜，你看芳香未散，莲印犹存。我那妃子呵！〔哭介〕

【山坡羊】俊弯弯一钩重睹，暗蒙蒙余香犹度。袅亭亭记当年翠盘，瘦尖尖稳逐红鸳舞。还忆取、深宵残醉余，梦酣春透勾人觑。今日里空伴香囊留恨俱。〔哭介〕号呼，叫声声魂在无？欷歔，哭哀哀泪渐枯。

高力士，赐他金钱五千贯，就着在此看守贵妃坟墓。〔老旦叩头介〕多谢老万岁爷！〔起出看锄介〕无心再学持锄女，有钞甘为守墓人。〔下〕〔外引四军上〕见辟乾坤新定位，看题日月更高悬。〔见介〕臣朔方节度使郭子仪，钦奉上命，带领卤簿，恭迎太上皇圣驾。〔生〕卿荡平逆寇，收复神京。宗庙重新，乾坤再造，真不世之功也。〔外〕臣忝为大帅，破贼已迟。负罪不遑，何功之有！〔生〕卿说那里话来！高力士，分付起行。〔丑〕领旨。〔传介〕〔生更吉服介〕〔众引生行介〕

【水红花】五云芝盖簇銮舆，返皇都，旌旗溢路。黄童白叟共相扶，尽欢呼，天颜重睹。从此新丰行乐，少帝奉兴居。千秋万载巩皇图也啰。

肠断将军改葬归，　　徐　夤

下山回马尚迟迟。　　杜　牧

经过此地千年恨，　　刘　沧
空有香囊和泪滋。　　郑　嵎

第四十四出　怂　合

【南吕引子·阮郎归】〔小生上〕碧梧天上叶初飞，秋风又报期。云中遥望鹊桥齐，隔河影半迷。

岂是仙家好别离，故教迢递作佳期。只缘碧落银河畔，好在金风玉露时。吾乃牵牛是也。今当下界上元二年七月七夕，天孙将次渡河，因此先在河边伺候。记得天宝十载，吾与天孙相会之时，见唐天子与贵妃杨玉环，在长生殿上拜祷设誓，愿世世为夫妇。岂料转眼之间，把玉环生生断送，好不可怜人也！

【南吕过曲·香遍满】佳人绝世，千秋第一冤祸奇。把无限绸缪轻抛弃，可怜非得已。死生无见期。空留万种悲，枉罚下多情誓。

【朝天懒】【朝天子】〔贴引杂扮二仙女上〕好会年年天上期，不似尘缘浅，有变移。【水红花】见仙郎河畔独徘徊，把驾频催。〔杂报介〕天孙到。〔小生迎介〕天孙来了。〔同织女对拜介〕〔合〕【懒画眉】相逢一笑深深拜，隔岁离情各自知。

〔小生〕天孙，请同到斗牛宫去。〔携贴行介〕携手步云中，〔贴〕仙裾扬好风。〔合〕河明乌鹊渚，星聚斗牛宫。〔到介〕〔杂暗下〕〔小生〕天孙请坐。〔坐介〕

【二犯梧桐树】【金梧桐】琼花绕绣帷，霞锦摇珠佩。〔贴合〕斗府星宫，岁岁今宵会。【梧桐树】银河碧落神仙配，地久天长，岂但朝朝暮暮期。【五更转】愿教他人世上夫妻辈，都似我和伊，永远成双作对。

〔小生〕天孙，

【浣溪纱】你且慢提，人间世、有一处怎偏忘记。〔贴〕忘了何处？〔小生〕可记得长生殿里人一对，曾向我焚香密誓齐？〔贴〕此李三郎与杨玉环之事也，我怎不记得！〔小生〕天孙既然记得，须念彼、堕万古伤心地，他愿世世生生，忍教中路分离？

〔贴〕提记玉环之事，委实可伤。我前因马嵬土地之奏，

【刘泼帽】念他独抱情无际，死和生守定不移，含冤流落幽冥地。因此呵，为他奏玉墀，令再证蓬莱位。

〔小生笑介〕天孙虽则如此，只是他呵，

【秋夜月】做玉妃、不过群仙队，寡鹄孤鸾白云内，何如并翼鸳鸯美。念盟言在彼，与圆成仗你。

〔贴〕仙郎，我岂不欲为他重续断缘。只是李三郎呵，

【东瓯令】他情轻断，誓先隳，那玉环呵，一个钟情枉自痴。从来薄幸男儿辈，多负了佳人意。伯劳东去燕西飞，怎使做双栖！

〔小生〕天孙所言，李三郎自应知罪。但是当日马嵬之变呵，

【金莲子】国事危，君王有令也反抗逼，怎救的、佳人命摧！想今日也不知，怎生般悔恨与伤悲。

〔贴〕仙郎恁般说，李三郎罪有可原。他若果有悔心，再为证完前誓便了。〔二杂上〕启娘娘：天鸡将唱，请娘娘渡河。〔贴〕就此告辞。〔小生〕河边相送。〔携手行介〕

【尾声】没来由将他人情事闲评议，把这度良宵虚废。唉，李三郎、杨玉环，可知俺破一夜工夫都为着你！

云阶月地一相过，　杜　牧
争奈闲思往事何。　白居易
一自仙娥归碧落，　刘　沧
千秋休恨马嵬坡。　徐　夤

第四十五出　雨　梦

【越调引子·霜天晓角】〔生上〕愁深梦杳，白发添多少。最苦佳人逝早，伤独夜，恨闲宵。

不堪闲夜雨声频，一念重泉一怆神。挑尽灯花眠不得，凄凉南内更何人。朕自幸蜀还京，退居南内，每日只是思想妃子。前在马嵬改葬，指望一睹遗容，不想变为空穴，只剩香囊一个。不知果然尸解，还是玉化香消？徒然展转寻思，怎得见他一面？今夜对着这一庭苦雨、半壁愁灯，好不凄凉人也！

【越调过曲·小桃红】冷风掠雨战长宵，听点点都向那梧桐哨也。萧萧飒飒，一齐暗把乱愁敲，才住了又还飘。那堪是凤帏空，串烟销，人独坐，厮凑着孤灯照也，恨同听没个娇娆。〔泪介〕猛想着旧欢娱，止不住泪痕交。

〔内打初更介〕〔小生内唱、生作听介〕呀，何处歌声，凄凄入耳，得非梨园旧人乎？不免到帘前，凭阑一听。〔作起立凭阑介〕此张野狐之声也，且听他唱的是甚曲儿？〔作一面听、一面欷歔掩泪介〕〔小生在场内立高处唱介〕

【下山虎】万山蜀道，古栈岧峣。急雨催林杪，铎铃乱敲。似怨如愁，碎聒不了，响应空山魂暗消。一声儿忽慢袅，一声儿忽紧摇。无限伤心事，被他逗挑，写入清商传恨遥。

〔内二鼓介〕〔生悲介〕呀，原来是朕所制《雨淋铃》之曲。记昔朕在栈道，雨中闻铃声相应，痛念妃子，因采其声，制成此曲。今夜闻之，想起蜀道悲凄，愈加肠断也。

【五韵美】听淋铃，伤怀抱。凄凉万种新旧绕，把愁人禁虐得十分恼。天荒地老，这种恨谁人知道。你听窗外雨声越发大了。疏还密，低复高，才合眼，又几阵窗前把人梦搅。

〔丑上〕西宫南内多秋草，夜雨梧桐落叶时。〔见介〕夜已深了，请万岁爷安寝罢。〔内三鼓介〕〔生〕呀，漏鼓三交，且自隐几而卧。哎，今夜啊，知甚梦儿得到俺眼里来也！〔仰哭介〕

【哭相思】悠悠生死别经年，魂魄不曾来入梦。

〔睡介〕〔丑〕万岁爷睡了，咱家也去歇息儿咱。〔虚下〕〔小生、副净扮二内侍带剑上〕幽情消未得，入梦感君王。〔向上跪介〕万岁爷请醒来。〔生作醒看介〕你二人是那里来的？〔小生、副净〕奴婢奉杨娘娘之命，来请万岁爷。

【五般宜】只为当日个乱军中，祸殃惨遭，悄地向人丛里，换妆隐逃，因此上流落久蓬飘。〔生惊喜介〕呀，原来杨娘娘不曾死，如今却在那里？〔小生、副净〕为陛下朝想暮想，恨萦愁绕，因此把驿庭静扫，〔叩头介〕望銮舆幸早。说要把牛女会深盟，和君王续未了。

〔生泪介〕朕为妃子百般思想，那晓得却在驿中。你二人快随朕前去，连夜迎回便了。〔小生、副净〕领旨。〔引生行介〕

【山麻稭换头】喜听说，如花貌，犹兀自现在人间，当面堪邀。忙教、潜出了御苑内夹城复道，顾不得夜深人静，露凉风冷，月黑途遥。

〔末上拦介〕陛下久已安居南内，因何深夜微行，到那里去？〔生惊介〕

【蛮牌令】何处泼官僚，拦驾语哓哓？〔末〕臣乃陈元礼，陛下快请回宫。〔生怒介〕唗，陈元礼，你当日在马嵬驿中，暗激军士逼死贵妃，罪不容诛！今日又待来犯驾么？君臣全不顾，辄敢肆狂骁。〔末〕陛下若不回宫，只怕六军又将生变。〔生〕唗，陈元礼，你欺朕无权柄，闲居退朝。只逞你有威风，卒悍兵骄。法难恕，罪怎饶！叫内侍，快把这乱臣贼子首级悬枭。

〔小生、副净〕领旨。〔作拿末杀下，转介〕启万岁爷：已到驿前了。请万岁爷进去。〔暗下〕〔生进介〕

【黑麻令】只见没多半空寮废寮，冷清清临着这荒郊远郊。内侍，娘娘在那里？〔回顾介〕呀，怎一个也不见了？单则听飒剌剌风摇树摇，啾唧唧四壁寒蛩絮，一片愁苗怨苗。〔哭介〕哎哟，我那妃子呵，叫不出花娇月娇，料多应形消影消。〔内鸣锣，生惊介〕呀，好奇怪，一霎时连驿亭也都不见，倒来到曲江池上了。好一片大水也！不提防断砌颓垣，翻做了惊涛沸涛。

〔望介〕你看大水中间，又涌出一个怪物。猪首龙身，舞爪张牙，奔突而来。好怕人也！〔内鸣锣，扮猪龙、项带铁索、跳上扑生；生惊奔，赶至原处睡介〕〔二金甲神执锤上，击猪龙喝介〕唗，孽畜，好无礼！怎又逃出，到此惊犯圣驾，还不快去！〔作牵猪龙、打下〕〔生作惊叫介〕哎哟，唬杀我也！〔丑急上、扶介〕万岁爷，为何梦中大叫？

〔生作呆坐、定神介〕高力士，外边什么响？〔丑〕是梧桐上的雨声？〔内打四更介〕〔生〕

【江神子】〔别体〕我只道谁惊残梦飘，原来是乱雨萧萧，恨杀他枕边不肯相饶，声声点点到寒梢，只待把泼梧桐锯倒。

高力士，朕方才梦见两个内侍，说杨娘娘在马嵬驿中来请朕去。多应芳魂未散。朕想昔时汉武帝思念李夫人，有李少君为之召魂相见，今日岂无其人！你待天明，可即传旨，遍觅方士来与杨娘娘召魂。〔丑〕领旨。〔内五鼓介〕〔生〕

【尾声】纷纷泪点如珠掉，梧桐上雨声厮闹。只隔着一个窗儿直滴到晓。

半壁残灯闪闪明，　　吴　融
雨中因想雨淋铃。　　罗　隐
伤心一觉兴亡梦，　　方壶居士
直欲裁书问杳冥。　　魏　朴

第四十六出　觅　魂

〔净扮道士，小生、贴扮道童，执幡引上〕临邛道士鸿都客，能以精诚致魂魄。为感君王展转思，便教遍处殷勤觅。贫道杨通幽是也。籍隶丹台，名登紫箓。呼风掣电，御气天门。摄鬼招魂，游神地府。只为太上皇帝思念杨妃，遍访异人召魂相见。俺因此应诏而来。太上皇十分欢喜，诏于东华门内，依科行法。已曾结就法坛，今晚登坛宣召。童儿，随我到坛上去来。〔童捧剑、水同行科〕〔净〕

【仙吕·点绛唇】仔为他一点情缘，死生衔怨。思重见，凭着咱道力无边，特地把神通显。

〔场上建高坛科〕〔小生、贴〕已到坛了。〔净〕是好一座法坛也！

【混江龙】这坛本在虚空辟建，象涵太极法先天。无中有阴阳攒聚，有中无水火陶甄。〔童〕基址从何而立？〔净〕基址呵，遣五丁，差六甲，运戊己中央当下立。〔童〕用何工夫而成？〔净〕用工夫，养婴儿，调姹女，配乙庚金木刹那全。〔童〕坛上可有户牖？〔净〕户牖呵，对金鸡，朝玉兔，坎离卯酉。〔童〕方向呢？〔净〕方向呵，镇黄庭，通紫极，子午坤乾。〔童〕这坛可有多少大？〔净〕虽只是倚方隅，占基阶，坛场咫尺，却可也纳须弥，藏世界，道里由延。〔童〕原来包罗恁宽！〔净〕上包着一周天三百六十躔度，内星辰日月。〔童〕想那分统处量也不小。〔净〕中分统四大洲，亿万百千阎浮界，岳渎山川。〔童〕坛上谁听号令？〔净〕听号令，则那些无稽滞，司风、司火，司雷、司电。〔童〕谁供驱遣？〔净〕供驱遣，无非这有职掌，值时、值日，值月、值年。〔童〕绕坛有何景象？〔净〕半空中绕嗺嗺鸾吟凤啸，两壁厢列森森虎伏龙眠。端的是一尘不染，众妄都蠲。〔童〕若非吾师无边道力，安能建此无上法坛？〔净〕这全托赖着大唐朝君王分福，敢夸俺小鸿都道力精虔。〔童〕请吾师上坛去者。〔内细乐，二童引净上坛科〕〔净〕趁天风，随仙乐，双引着銮旌高步斗。〔内钟鼓科〕〔净〕响金钟，鸣法鼓，恭擎象简迴朝元。〔童献香科〕请吾师拈香。〔净拈香科〕这香呵，不数他西天竺旃檀林青狮窟，根蟠鸳鸯，东洋海波斯国瑞龙脑形似蚕蝉。结祥云，腾宝雾，直冲霄汉；透清微，萦碧落，普供真玄。第一炷，祝当今皇帝享无疆圣寿，保洪图社稷，巩国祚延绵。第二炷，愿疆场静，烽燧销，普天下各道、各州、各境里，民安盗息无征战；禾黍登，蚕桑茂，百姓每若老、若幼、若壮者，家封户给乐田园。第三炷，单只为死生分，情不灭，待凭这香头一点，温热了夜台魂；幽明隔，情难了，思倩此香烟百转，吹现出春风面。〔童献花介〕散花。〔净散花科〕这花呵，不学他老瞿昙对迦叶糊涂笑拈，谩劳他诸天女访维摩撒漫飞旋。俺特地采蘅芜，踏穿阆苑，几度价寻怀梦摘遍琼田。显神奇，要将他残英再接相思树，施伎俩，管教他落花重放并头莲。〔童献灯科〕献灯。〔净捧灯科〕这灯呵，烂辉辉灵光常向千秋照，灿荧荧心灯只为一情传。抵多少衡遥石怀中秘授，还形烛帐里高燃。他则要续痴情，接上这残灯焰，俺可待点神灯，照彻那旧冤愆。〔童献法盏科〕请吾师咒水。〔净捧水科〕这水呵，曾游比目，曾泛双鸳。你漫道当日个如鱼也那得水，可知道到头来，水、米也没有半点交缠。数不尽情河爱海波终竭，似那等幻泡浮沤浪易掀。他只道曾经沧海难为水，怎如俺这一滴杨枝彻九泉。〔童〕供养已毕，请问吾师如何行法召魂咱？〔净〕你与我把招魂衣摄，遗照图悬，龙墀净扫，凤幄高褰。等到那二更以后，三鼓之前，眠猧不吠，宿鸟无喧，叶宁树杪，虫息阶沿，露明星黯，月漏风穿，潜潜隐隐，冉冉翩翩，看步珊珊是耶非一个佳人现，才折证人间幽恨，地下残缘。

〔内奏法音科〕〔丑捧青词上〕九天青鸟使，一幅紫鸾书。〔进跪科〕高力士奉太上皇之命，谨送青词到此。〔童接词进上科〕〔净向丑拱科〕中官，且请坛外少候片时。〔丑应下〕〔净〕

【油葫芦】俺子见御笔青词写凤笺，漫从头仔细展。单子为死离生别那婵娟，牢守定真情一点无更变。待想他芳魂两下重相见，俺索召李夫人来帐中。煞强如西王母临殿前，稳情取汉刘郎遂却心头愿，向今宵同款款话因缘。

〔动法器科〕〔净作法、焚符念科〕此道符章，鹤翥鸾翔，功曹符使，速莅坛场。〔杂扮符官骑马舞下，见科〕仙师，有何法旨？〔净付符科〕有烦使者，将此符命，速召贵妃杨氏阴魂到坛者。〔杂接符科〕领法旨。〔做上马绕场下〕〔净〕

【天下乐】俺只见力士黄巾去召宣，扬也波鞭不暂延。管教他闪阴风一灵儿勾向前，俺这里静悄悄坛上躬身等，他那里急煎煎宫中望眼穿，呀，怎多半日云头不见转？

为何此时还不到来，好疑惑也！

【那吒令】阔迢迢山前水前，望香魂渺然。黯沉沉星前月前，盼芳容杳然。冷清清阶前砌前，听灵踪悄然。不免再烧一道催符去者。〔焚符科〕蠢硃符不住烧，歹剑诀空掐遍，枉念杀波没准的真言。

〔杂上见科〕复仙师：小圣人间遍觅杨氏阴魂，无从召取。〔净〕符使且退。〔杂〕领法旨。〔舞下〕〔净下坛科〕童儿，请高公公相见者。〔童向内请科〕高公公有请。〔丑上〕玉漏听长短，芳魂问有无。〔见科〕仙师，杨娘娘可曾召到么？〔净〕方才符使到来，说娘娘无从召取。〔丑〕呀，如此怎生是好？〔净〕公公且去复旨，待贫道就在坛中，飞出元神，不论上天入地，好歹寻着娘娘。不出三日，定有消息回报。〔丑〕太上皇思念甚切，仙师是必用意者。且传方士语，去慰上皇情。〔下〕〔内细乐，净更鹤氅科〕童儿在坛小心祇候，俺自打坐出神去也。〔童〕领法旨。〔内鸣钟、鼓各二十四声，净上坛端坐，叩齿作闭目出神科〕〔童〕你看我师出神去了。不免放下云帏，坛下伺候则个。〔作放坛上帐幔，净暗下〕〔童〕坛上钟声静，天边云影闲。〔同下〕〔末扮道士元神从坛后转行上〕

【鹊踏枝】瞑子里出真元，抵多少梦游仙。俺则待踏破虚空，去访婵娟。贫道杨通幽，为许上皇寻觅杨妃魂魄，特出元神，到处遍求。如今先到那里去者？〔思科〕嗄，有了，且慢自叫阊阖，轻干玉殿，索先去赴幽冥，大索黄泉。

来此已是酆都城了。〔向内科〕森罗殿上判官何在？〔判跳上，小鬼随上〕善恶细分铁算子，古今不出大轮回。仙师何事降临？〔末〕贫道特来寻觅大唐贵妃杨玉环鬼魂。〔判〕凡是宫嫔妃后，地府另有文册。仙师请坐，且待呈簿查看。〔末坐科，鬼送册，判递册科〕〔末看科〕

【寄生草】这是一本宫嫔册，历朝妃后编。有一个絫弧箕服把周宗殄，有一个牝鸡野雉把刘宗煽，有一个蛾眉狐媚把唐宗变。好奇怪，看古今来椒房金屋尽标题，怎没有杨太真名字其中现？

地府既无，贫道去了。不免向天上寻觅一遭也。〔虚下〕〔判跳舞上，鬼随下〕〔二仙女旌幢，引贴朝服、执拂上〕高引霓旌朝绛阙，缓移凤舄踏红云。吾乃天孙织女，因向玉宸朝见，来到天门。前面一个道士来了，看是谁也？〔末上〕

【幺篇】拔足才离地，飞神直上天。〔见贴科〕原来是织女娘娘，小道杨通幽叩首。〔贴〕通幽免礼，到此何事？〔末〕小道奉大唐太上皇之命，寻访玉环杨氏之魂。适从地府求之不得，特来天上找寻。谁知天上亦无。因此一径出来，若不是伴嫦娥共把蟾宫恋，多敢是趁双成同向瑶池现。〔贴〕通幽，那玉环之魂，原不在地下，不在天上也。〔末〕呀，早难道逐梁清又受天曹谴，要寻那《霓裳》善舞的俊杨妃，到做了留仙不住的乔飞燕。

〔贴〕通幽，杨妃既无觅处，你索自去复旨便了。〔末〕娘娘，复旨不难。不争小道呵，

【后庭花滚】没来由向金銮出大言，运元神排空如电转。一口气许了他上下里寻花貌，莽担承向虚无中觅丽娟。〔贴〕谁教你弄嘴来？〔末〕非是俺没干缠、自寻驱遣，单则为老君王钟情生死坚，旧盟不弃捐。〔贴〕马嵬坡下既已碎玉揉香，还讨甚情来？〔末〕娘娘，休屈了人也。想当日乱纷纷乘舆值播迁，翻滚滚羽林生闹喧，恶狠狠兵骄将又专，焰腾腾威行虐肆煽，闹炒炒不由天子宣，昏惨惨结成妃后冤。扑剌剌生分开交颈鸳，格支支轻挦搇并蒂莲，致使得娇怯怯游魂逐杜鹃。空落得哭哀哀悲啼咽楚猿，恨茫茫高和太华连，泪漫漫平将沧海填。〔贴〕如今死生久隔，岁月频更，只怕此情也渐淡了。〔末〕那上皇呵，精诚积岁年，说不尽相思累万千。镇日家把娇容心坎镌，每日里将芳名口上编。听残铃剑阁悬，感衰梧秋雨传。暗伤心肺腑煎，漫销魂形影怜。对香囊呵惹恨绵，抱锦袜呵空泪涟，弄玉笛呵怀旧怨，拨琵琶呵忆断弦。坐凄凉，思乱缠，睡迷离，梦倒颠。一心儿痴不变，十分家病怎痊！痛娇花不再鲜，盼芳魂重至前。〔贴〕前夜牛郎曾为李三郎辨白，今听他说来，果如此情真。煞亦可怜人也！〔末〕小道呵，生怜他意中人缘未全，打动俺闲中客情慢牵。因此上不辞他往返蹎，甘将这辛苦肩。猛可把泉台踏的穿，早又将穹苍磨的圆。谁知他做长风吹断鸢，似晴曦散晓烟。莽桃源寻不出花一片，冷巫山找不着云半边。好教俺向空中难将袖手展，伫云头惟有睁目延。百忙里幻不出春风图画面，捏不就名花倾国妍。若不得红颜重出现，怎教俺黄冠独自还！娘娘呵，则问他那精灵何处也天？

〔贴〕通幽，你若必要见他，待我指一个所在，与你去寻访者。〔末稽首科〕请问娘娘，玉环见在何处？

【青哥儿】谢娘娘与咱、与咱方便，把玉人消息、消息亲传，得多少花有根芽水有源。则他落在谁边，望赐明言。我便疾到跟前，不敢留连。〔贴〕通幽，你不闻世界之外，别有世界，山川之内，另有山川么？〔末〕听说道世外山川，另有周旋，只不知洞府何天，问渡何缘？〔贴〕那东极巨海之外，有一仙山，名曰蓬莱。你到那里，便有杨妃消息了。〔末〕多谢娘娘指引。枉了上下俄延，都做了北辙南辕。元来只隔着弱水三千，溟渤风烟，在那麟凤洲偏，蓬阆山巅。那里有蕙圃芝田，白鹿玄猿。琪树翩翩，瑶草芊芊。碧瓦雕櫋，月馆云轩。楼阁蜿蜒，门闼勾连。隔断尘喧，合住神仙。〔贴〕虽这般说，只怕那里绝天涯，跨海角，途路遥远，你去不得。〔末〕哎，娘娘他那里情深无底更绵绵，谅着这蓬山路何为远。

〔贴〕既如此，你自前去。咱又闻人世无穷恨，待绾机丝补断缘。〔引仙女下〕〔末〕不免御着天风，到海外仙山，找寻一遭去也。〔作御风行科〕

【煞尾】稳踏着白云轻，巧趁取罡风便，把碗大沧溟跨展。回望齐州何处显，淡蒙蒙九点飞烟。说话之间，早来到海东边，万仞峰巅。这的是三岛十洲别洞天，俺只索绕清虚阆苑，到玲珑宫殿。是必破工夫找着那玉天仙。

与招魂魄上苍苍，　　黄　滔
谁识蓬山不死乡？　　赵　嘏
此去人寰知远近，　　秦　系
五云遥指海中央。　　韦　庄

第四十七出 补 恨

【正宫引子·燕归梁】〔贴扮织女上〕怜取君王情意切，魂遍觅，费周折。好和蓬岛那人说，邀云佩，赴星阙。

前夕渡河之时，牛郎说起杨玉环与李三郎长生殿中之誓，要我与彼重续前缘。今适在天门外，遇见人间道士杨通幽。说上皇思念贵妃一意不衰，令他遍觅幽魂。此情实为可悯。已指引通幽到蓬山去了；又令侍儿召取太真到此，说与他知。再细探其衷曲，敢待来也。〔仙女引旦上〕

【锦堂春】闻说璇宫有命，云中忙驾香车。强驱愁绪来天上，怕眉黛恨难遮。

〔仙女报，旦进见介〕娘娘在上，杨玉环叩见。〔贴〕太真免礼，请坐了。〔旦坐介〕适蒙娘娘呼唤，不知有何法旨？〔贴〕一向不曾问你，可把生前与唐天子两下恩情，细说一遍与我知道。〔旦〕娘娘听启：

【正宫过曲·普天乐】叹生前，冤和业。〔悲介〕才提起，声先咽。单则为一点情根，种出那欢苗爱叶。他怜我慕，两下无分别。誓世世生生休抛撇，不提防惨凄凄月坠花折，悄冥冥云收雨歇，恨茫茫只落得死断生绝。

【雁过声换头】〔贴〕听说、旧情那些。似荷丝劈开未绝，生前死后无休歇。万重深，万重结。你共他两边既恁疼热，况盟言曾共设。怎生他陡地心如铁，马嵬坡便忍将伊负也？

【倾杯序换头】〔旦泪介〕伤嗟，岂是他顿薄劣！想那日遭磨劫，兵刃纵横，社稷阽危，蒙难君王怎护臣妾？妾甘就死，死而无怨，与君何涉！〔哭介〕怎忘得定情钗盒那根节！

〔出钗盒与贴看介〕这金钗、钿盒，就是君王定情日所赐。妾被难之时，带在身边。携入蓬莱，朝夕佩玩，思量再续前缘。只不知可能够也？〔贴〕

【玉芙蓉】你初心誓不赊，旧物怀难撇。太真，我想你马嵬一事，是千秋惨痛此恨独绝。谁道你不将殒骨留微憾，只思断头香再爇。蓬莱阙，化愁城万叠。〔还旦钗盒介〕只是你如今已证仙班，情缘宜断。若一念牵缠呵，怕无端又令从此堕尘劫。

〔旦〕念玉环呵，

【小桃红】位纵在神仙列，梦不离唐宫阙。千回万转情难灭。〔起介〕娘娘在上，倘得情丝再续，情愿谪下仙班。双飞若注鸳鸯牒，三生旧好缘重结。〔跪介〕又何惜人间再受罚折！

〔贴扶介〕太真，坐了。我久思为你重续前缘。只因马嵬之事，恨唐帝情薄负盟，难为作合。方才见道士杨通幽，说你遭难之后，唐帝痛念不衰。特令通幽升天入地，各处寻觅芳魂。我念他如此钟情，已指引通幽到蓬莱山了。还怕你不无遗憾，故此召问。今知两下真情，合是一对。我当上奏天庭，使你两人世居忉利天中，永远成双，以补从前离别之恨。

【催拍】那壁厢人间痛绝，这壁厢仙家念热：两下痴情恁奢，痴情恁奢。我把彼此精诚，上请天阙。补恨填愁，万古无缺。〔旦背泪介〕还只怕孽障周遮，缘尚蹇，会犹赊。

〔转向贴介〕多蒙娘娘怜念，只求与上皇一见，于愿足矣。〔贴〕也罢。闻得中秋之夕，月中奏你新谱《霓裳》，必然邀你。恰好此夕正是唐帝飞升之候。你可回去，令通幽届期径引上皇，到月宫一见。何如？〔旦〕只恐月宫之内，不便私会。〔贴〕不妨。待我先与姮娥说明。你等相见之时，我就奏请玉音到来，使你情缘永证便了。〔旦〕多谢娘娘，就此告辞。〔贴〕

【尾声】团圆等待中秋节，管教你情偿意惬。〔旦〕只我这万种伤心，见他时怎地说！

〔旦〕身前身后事茫茫，　　天竺牧童
却厌仙家日月长。　　曹　唐
〔贴〕今日与君除万恨，　　薛　逢
月宫琼树是仙乡。　　薛　能

第四十八出　寄　情

【南吕过曲·懒画眉】〔末扮道士元神上〕海外曾闻有仙山，山在虚无缥缈间。贫道杨通幽，适见织女娘娘，说杨妃在蓬莱山上。即便飞过海上诸山，一径到此。见参差宫殿彩云寒。前面洞门深闭，不免上前看来。〔看介〕试将银榜端详觑，〔念介〕"玉妃太真之院"。呀，是这里了。〔做抽簪叩门介〕不免抽取琼簪轻叩关。

【前腔】〔贴扮仙女上〕云海沉沉洞天寒，深锁云房鹤径闲。〔末又叩介〕〔贴〕谁来花下叩铜环？〔开门介〕是那个？〔末见介〕贫道杨通幽稽首。〔贴〕到此何事？〔末〕大唐太上皇帝，特遣贫道问候玉妃。〔贴〕娘娘到璇玑宫去了，请仙师少待。〔末〕原来如此，我且从容伫立瑶阶上。〔贴〕远远望见娘娘来了。〔末〕遥听仙风吹佩环。

【前腔】〔旦引仙女上〕归自云中步珊珊，闻有青鸾信远颁。〔见末介〕呀，果然仙客候重关。〔贴迎介〕〔旦〕道士何来？〔贴〕正要禀知娘娘，他是唐家天子人间使，衔命迢遥来此山。

〔旦进介〕既是上皇使者，快请相见。〔仙女请末进介〕〔末见科〕贫道杨通幽稽首。〔旦〕仙师请坐。〔末坐介〕〔旦〕请问仙师何来？〔末〕贫道奉上皇之命，特来问候娘娘。〔旦〕上皇安否？〔末〕上皇朝夕思念娘娘，因而成疾。

【宜春令】自回銮后，日夜思，镇昏朝潸潸泪滋。春风秋雨，无非即景伤心事。映芙蓉人面俱非，对杨柳新眉谁试。特地将他一点旧情，倩咱传示。

【前腔】〔旦泪介〕肠千断，泪万丝。谢君王钟情似兹。音容一别，仙山隔断违亲侍。蓬莱院月悴花憔，昭阳殿人非物是。漫自将咱一点旧情，倩伊回示。

〔末〕贫道领命。只求娘娘再将一物，寄去为信。〔旦〕也罢。当年承宠之时，上皇赐有金钗、钿盒，如今就分钗一股，劈盒一扇，烦仙师代奏上皇。只要两意能坚，自可前盟不负。〔作分钗盒，泪介〕侍儿，将这钗盒送与仙师。〔贴递钗盒与末介〕〔旦〕仙师请上，待妾拜烦。〔末〕不敢。〔拜介〕

【三学士】旧物亲传全仗尔，深情略表孜孜。半边钿盒伤孤另，一股金钗寄远思。幸达上皇，只愿此心坚似始，终还有相见时。

〔末〕贫道还有一说，钗盒乃人间所有之物，献与上皇，恐未深信。须得当年一事，他人不知者，传去取验，才见贫道所言不谬。〔旦〕这也说得有理。〔旦低头沉吟介〕

【前腔】临别殷勤重寄词，词中无限情思。哦，有了。记得天宝十载，七月七夕长生殿，夜半无人私语时。那时上皇与妾并肩而立，因感牛女之事，密相誓心：愿世世生生，永为夫妇。〔泣介〕谁知道比翼分飞连理死，绵绵恨无尽止。

〔末〕有此一事，贫道可复上皇了。就此告辞。〔旦〕且住，还有一言。今年八月十五日夜，月中大会，奏演《霓裳》，恰好此夕，正是上皇飞升之候。我在那里专等一会，敢烦仙师届期，指引上皇到彼。失此机会，便永无再见之期了。〔末〕贫道领命。〔旦〕仙师，说我

含情凝睇谢君王，　　白居易
尘梦何如鹤梦长。　　曹　唐
〔末〕密奏君王知入月，　　王　建
众仙同日听《霓裳》。　　李商隐

第四十九出　得　信

【仙吕引子·醉落魄】〔生病装，宫女扶上〕相思透骨沉疴久，越添消瘦。蘅芜烧尽魂来否？望断仙音，一片晚云秋。

黯黯愁难释，绵绵病转成。哀蝉将落叶，一种为伤情。寡人梦想妃子，染成一病。因令方士杨通幽摄召芳魂，谁料无从寻觅。通幽又为我出神访求去了。唉，不知是方士妄言，还不知果能寻着？寡人转展萦怀，病体越重。已遣高力士到坛打听，还不见来。对着这一庭秋景，好生悬望人也！

【仙吕过曲·二犯桂枝香】【桂枝香】叶枯红藕，条疏青柳。淅剌剌满处西风，都送与愁人消受。【四时花】悠悠、欲眠不眠欹枕头。非耶是耶睁望眸。问巫阳，浑未剖。【皂罗袍】活时难救，死时怎求？他生未就，此生顿休。【桂枝香】可怜他渺渺魂无觅，量我这恹恹病怎瘳！

【不是路】〔丑持钗盒上〕鹤转瀛洲，信物携将远寄投。忙回奏，〔见生叩介〕仙坛传语慰离忧。〔生〕高力士，你来了么？问音由，佳人果有佳音否？莫为我淹煎把浪语诌。〔丑〕万岁爷听启：那仙师呵，追寻久，遍黄泉碧落俱无有。〔生惊哭介〕呀，这等说来，妃子永无再见之期了。兀的不痛杀寡人也！〔丑〕万岁爷，请休僝僽。

那仙师呵，

【前腔】御气遨游，遇织女传知在海上洲。〔生〕可曾得见？〔丑〕蓬莱岫，见太真仙院榜高头。〔生〕元来妃子果然成仙了。可有甚么说话？〔丑〕说来由，含情只谢君恩厚，下望尘寰两泪流。〔生〕果然有这等事？〔丑〕非虚谬，有当年钗盒亲分授，寄来呈奏。

〔进钗盒介〕这钿盒、金钗，就是娘娘临终时，付奴婢殉葬的。不想娘娘携到仙山去了。

〔生执钗盒大哭介〕我那妃子嗄！

【长拍】钿盒分开，钿盒分开，金钗拆对，都似玉人别后。单形只影，两载寡侣，一般儿做成离愁。还忆付伊收，助晓妆云鬓，晚香罗袖。此际轻分远寄与，无限恨，个中留。见了怎生释手！枉自想同心再合，双股重俦。

且住。这钗盒乃人间之物，怎到得天上？前日墓中不见，朕正疑心，今日如何却在他手内？〔丑〕万岁爷休疑，那仙师早已虑及，向娘娘问得当年一件密事在此。〔生〕是那一事，你可说来。〔丑〕娘娘呵，把

【短拍】天宝年间，天宝年间，长生殿里，恨茫茫说起从头。七夕对牵牛，正夜半凭肩私咒。〔生〕此事果然有之。谁料钗分盒剖！〔泣介〕只今日呵，翻做了孤雁汉宫秋。

〔丑〕万岁爷，且省愁烦。娘娘还有话说。〔生〕还说甚么？〔丑〕娘娘说，今年中秋之夕，月宫奏演《霓裳》，娘娘也在那里。教仙师引着万岁爷，到月宫里相会。〔生喜介〕既有此话，你何不早说。如今是几时了？〔丑〕如今七月将尽，中秋之期只有半月了。请万岁爷将息龙体。〔生〕妃子既许重逢，我病体一些也没有了。

【尾声】广寒宫，容相就，十分愁病一时休。倒捱不过人间半月秋！

海外传书怪鹤迟，　　卢　纶
词中有誓两心知。　　白居易
更期十五团圆夜，　　徐　夤
纵有清光知对谁？　　戴叔伦

第五十出　重　圆

【双调引子·谒金门】〔净扮道士上〕情一片，幻出人天姻眷。但使有情终不变，定能偿夙愿。

贫道杨通幽，前出元神在于蓬莱。蒙玉妃面嘱，中秋之夕引上皇到月宫相会。上皇原是孔昇真人，今夜八月十五数合飞升。此时黄昏以后，你看碧天如水，银汉无尘，正好引上皇前去。道犹未了，上皇出宫来也。〔生上〕

【仙吕入双调·忒忒令】碧澄澄云开远天，光皎皎月明瑶殿。〔净见介〕上皇，贫道稽首。〔生〕仙师少礼。今夜呵，只因你传信，约蟾宫相见，急得我盼黄昏，眼儿穿。这青霄际，全托赖引步展。

〔净〕夜色已深，就请同行。〔行介〕〔净〕明月在何许？挥手上青天。〔生〕不知天上宫阙，今夕是何年？〔净〕我欲乘风归去，只恐琼楼玉宇，高处不胜寒。〔合〕起舞弄清影，何似在人间。〔生〕仙师，天路迢遥，怎生飞渡？〔净〕上皇，不必忧心。待贫道将手中拂子，掷作仙桥，引到月宫便了。〔掷拂子化桥下〕〔生〕你看，一道仙桥从空现出。仙师忽然不见，只得独自上桥而行。

【嘉庆子】看彩虹一道随步显，直与银河霄汉连，香雾蒙蒙不辨。〔内作乐介〕听何处奏钧天，想近着桂丛边。

〔虚上〕〔老旦引仙女，执扇随上〕

【沉醉东风】助秋光玉轮正圆，奏《霓裳》约开清宴。吾乃月主嫦娥是也。月中向有《霓裳》天乐一部，昔为唐皇贵妃杨太真于梦中闻得，遂谱出人间。其音反胜天上。近贵妃已证仙班。吾向蓬山觅取其谱，补入钧天。拟于今夕奏演。不想天孙怜彼情深，欲为重续良缘。要借我月府，与二人相会。太真已令道士杨通幽引唐皇今夜到此，真千秋一段佳话也！只为他情儿久，意儿坚，合天人重见。因此上感天孙为他方便。仙女每，候着太真到时，教他在桂阴下少待。等上皇到来见过，然后与我相会。〔仙女〕领旨。〔合〕桂华正妍，露华正鲜。撮成好会在清虚府洞天。

〔老旦下〕〔场上设月宫，仙女立宫门候介〕〔旦引仙女行上〕

【尹令】离却玉山仙院，行到彩蟾月殿，盼着紫宸人面。三生愿偿，今夕相逢胜昔年。

〔到介〕〔仙女〕玉妃请进。〔旦进介〕月主娘娘在那里？〔仙女〕娘娘分付，请玉妃少待。等上皇来见过，然后相会。请少坐。〔旦坐介〕〔仙女立月宫傍候介〕〔生行上〕

【品令】行行度桥，桥尽漫俄延。身如梦里，飘飘御风旋。清辉正显，入来翻不见。只见楼台隐隐，暗送天香扑面。〔看介〕"广寒清虚之府"，呀，这不是月府么？早约定此地佳期，怎不见蓬莱别院仙！

〔仙女迎介〕来的莫非上皇么？〔生〕正是。〔仙女〕玉妃到此久矣，请进相见。〔生〕妃子那里？〔旦〕上皇那里？〔生见旦哭介〕我那妃子呵！〔旦〕我那上皇呵！〔对抱哭介〕〔生〕

【豆叶黄】乍相逢执手，痛咽难言。想当日玉折香摧，都只为时衰力软，累伊冤惨，尽咱罪愆。到今日满心惭愧，到今日满心惭愧，诉不出相思万万千千。

〔旦〕陛下，说那里话来！

【姐姐带五马】【好姐姐】是妾孽深命蹇，遭磨障累君儿不免。梨花玉殒，断魂随杜鹃。【五马江儿水】只为前盟未了，苦忆残缘，惟将旧盟痴抱坚。荷君王不弃，念切思专，碧落黄泉，为奴寻遍。

〔生〕寡人回驾马嵬，将妃子改葬。谁知玉骨全无，只剩香囊一个。后来朝夕思想，特令方士遍觅芳魂。

【玉交枝】才到仙山寻见，与卿卿把衷肠代传。〔出钗盒介〕钗分一股盒一扇，又提起乞巧盟言。〔旦出钗、盒介〕妾的钗盒也带在此。〔合〕同心钿盒今再联，双飞重对钗头燕。漫回思不胜黯然，再相看不禁泪涟。

〔旦〕幸荷天孙鉴怜，许令断缘重续。今夕之会，诚非偶然也。

【五供养】仙家美眷，比翼连枝，好合依然。天将离恨补，海把怨愁填。〔生合〕谢苍苍可怜，泼情肠翻新重建。添注个鸳鸯牒，紫霄边，千秋万古证奇缘。

〔仙女〕月主娘娘来也。〔老旦上〕白榆历历月中影，丹桂飘飘云外香。〔生见介〕月姐拜揖。〔老旦〕上皇稽首。〔旦见介〕娘娘稽首。〔老旦〕玉妃少礼，请坐了。〔各坐介〕〔老旦〕上皇，玉妃，恭喜仙果重成，情缘永证。往事休提了。

重圓

【江儿水】只怕无情种，何愁有断缘。你两人呵，把别离生死同磨炼，打破情关开真面，前因后果随缘现。觉会合寻常犹浅，偏您相逢，在这团圆宫殿。

〔仙女〕玉旨降。〔贴捧玉旨上〕织成天上千丝巧，绾就人间百世缘。〔生、旦跪介〕〔贴〕玉帝敕谕唐皇李隆基、贵妃杨玉环："咨尔二人，本系元始孔昇真人、蓬莱仙子。偶因小谴，暂住人间。今谪限已满，准天孙所奏，鉴尔情深，命居忉利天宫，永为夫妇。如敕奉行。"〔生、旦拜介〕愿上帝圣寿无疆！〔起介〕〔贴相见，坐介〕〔贴〕上皇，太真，你两下心坚，情缘双证。如今已成天上夫妻，不比人世了。

【三月海棠】忉利天，看红尘碧海须臾变。永成双作对，总没牵缠。游衍，抹月批风随过遣，痴云腻雨无留恋。收拾钗和盒，旧情缘，生生世世消前愿。

〔老旦〕群真既集，桂宴宜张。聊奉一觞，为上皇、玉妃称贺。看酒过来。〔仙女捧酒上〕酒到。〔老旦送酒介〕

【川拨棹】清虚殿，集群真，列绮筵。桂花中一对神仙，桂花中一对神仙，占风流千秋万年。〔合〕会良宵人并圆，照良宵月也圆。

【前腔换头】〔贴向旦介〕羡你死抱痴情犹太坚，〔向生介〕笑你生守前盟几变迁。总空花幻影当前，总空花幻影当前，扫凡尘一齐上天。〔合〕会良宵人并圆，照良宵月也圆。

【前腔换头】〔生、旦〕敬谢嫦娥，把衷曲怜；敬谢天孙，把长恨填。历愁城苦海无边，历愁城苦海无边，猛回头痴情笑捐。〔合〕会良宵人并圆，照良宵月也圆。

【尾声】死生仙鬼都经遍，直作天宫并蒂莲，才证却长生殿里盟言。

〔贴〕今夕之会，原为玉妃新谱《霓裳》。天女每那里？〔众天女各执乐器上〕夜月歌残鸣凤曲，天风吹落步虚声。天女每稽首。〔贴〕把《霓裳羽衣》之曲，歌舞一番。〔众舞介〕

【高平调·羽衣第三叠】【锦缠道】桂轮芳，按新声分排舞行。仙佩互趋跄，趁天风，惟闻遥送叮当。【玉芙蓉】宛如龙起游千状，翩若鸾回色五章。霞裙荡，对琼丝袖张。【四块玉】撒团团翠云，堆一溜秋光。【锦渔灯】

袅亭亭现缑岭笙边鹤氅；艳晶晶会瑶池筵畔虹幢；香馥馥蕊殿群姝散玉芳。【锦上花】呈独立鹄步昂，偷低度凤影藏。敛衣调扇恰相当，【一撮棹】一字一回翔。【普天乐】伴洛妃，凌波样；动巫娥，行云想。音和态宛转悠扬。【舞霓裳】珊珊步蹑高霞唱，更泠泠节奏应宫商。【千秋岁】映红蕊，含风放；逐银汉，流云漾。不似人间赏，要铺莲慢踏，比燕轻扬。【麻婆子】步虚、步虚瑶台上，飞琼引兴狂。弄玉、弄玉秦台上，吹箫也自忙。凡情仙意两参详。【滚绣球】把钧天换腔，巧翻成余弄儿盘旋未央。【红绣鞋】银蟾亮，玉漏长，千秋一曲舞《霓裳》。

〔贴〕妙哉，此曲！真个擅绝千秋也。就借此乐，送孔昇真人同玉妃，到忉利天宫去。

〔老旦〕天女每，奏乐引导。〔天女鼓乐引生、旦介〕

【黄钟过曲·永团圆】神仙本是多情种，蓬山远，有情通。情根历劫无生死，看到底终相共。尘缘倥偬，忉利有天情更永。不比凡间梦，悲欢和哄，恩与爱总成空。跳出痴迷洞，割断相思鞚；金枷脱，玉锁松。笑骑双飞凤，潇洒到天宫。

【尾声】旧《霓裳》，新翻弄。唱与知音心自懂，要使情留万古无穷。

谁令醉舞拂宾筵，　　张　说
上界群仙待谪仙。　　方　干
一曲《霓裳》听不尽，　　吴　融
香风引到大罗天。　　韦　绚
看修水殿号长生，　　王　建
天路悠悠接上清。　　曹　唐
从此玉皇须破例，　　司空图
神仙有分不关情。　　李商隐

图书在版编目（CIP）数据

长生殿 /（清）洪昇著．— 杭州：浙江古籍出版社，2016. 4
（古典文库）
ISBN 978-7-5540-0822-5

Ⅰ．①长… Ⅱ．①洪… Ⅲ．①传奇剧（戏曲）—剧本—中国—清代 Ⅳ．① I237.2

中国版本图书馆 CIP 数据核字（2016）第 098798 号

长 生 殿

（清）洪　昇　著

出版发行　浙江古籍出版社
（杭州体育场路 347 号　电话：0571-85176986）
网　　址　www.zjguji.com
责任编辑　关俊红
责任校对　余　宏
装帧设计　刘　欣
责任印务　楼浩凯
照　　排　杭州立飞图文制作有限公司
印　　刷　浙江新华印刷技术有限公司
开　　本　880 × 1230　1/32
印　　张　4.75
字　　数　170 千字
版　　次　2016 年 7 月第 1 版
印　　次　2016 年 7 月第 1 次印刷
书　　号　ISBN 978-7-5540-0822-5
定　　价　9.00 元